美姫の夢

妻は、くノ一　7

風野真知雄

角川文庫
16232

目次

第一話　夢の玉

一

雙星彦馬と西海屋千右衛門が本所中之郷の旧藩主松浦静山の屋敷を訪ねて、新しく入手したという天球儀を見せてもらっていると、

「よう、雙星」

と、懐かしい顔が現われた。

「荘助じゃないか」

平戸の沖に浮かぶ宇久島の荘助である。

船が難破しててっきり死んだと思っていたのが生きていた。どうやら、静山の命を受けて、いろいろと働いているらしいが、詳細はわからない。

もともと黒い顔が、長い航海からもどったばかりなのか、神々しいくらいの赤銅色に輝いている。

「雙星、荘助はよくやってくれているぞ。いい船を三艘（そう）、ただみたいに安く、手に入れてくれた」

と、静山は孫を自慢するような口調で言った。

「いい船？」

「うむ、そのまま幽霊船に使えそうな船だ」

そう言っていたずらっぽく笑った。

「それを江戸湾まで持ってきたのですか？」

「それは無理だ。領内の無人の島に停泊させている」

と、静山は言った。

「でも、御前、一艘は幽霊船にしても傷みすぎていて、かなり手を入れないと危なくて走らせることはできません」

と、荘助が言うと、

「わかった。船大工を手配してくれ」

「すでに手配しました。いまごろは補修も終わっているはずです」

荘助のやることはいつもこうである。千右衛門も行動は速いが、大きな仕事をするせいもあって、いくらか疎漏がある。荘助には抜かりがない。

「かねてから言っていたように、そろそろわしの悲願に向けた仕掛けを開始することにした。雙星、そなたは陸で城勤めなどしている分には、頓珍漢な変わり者だが、航海術は素晴らしいし、蘭語の読み書きもできる。まさに、わしの計画にはうってつけの人材だ。助けてくれるな？」

静山はそう言って、彦馬を見た。

とくに詳しい説明を聞いたことはないが、自然と静山の野心に加担するつもりになっている。以前、静山が言っていた〈海の民〉という呼び名も気に入っていた。

われら、海の民……。

「はい」

と、彦馬はうなずき、その仕掛けというものの説明を待った。

「仕掛けというのは、以前もちらりと言った幽霊船貿易というやつさ。この国の周囲の海に幽霊船を浮かべる。そのいちばんの狙いは、この国の海を混乱させること」

「混乱を……」

幽霊船かと思えば抜け荷の船、抜け荷の船かと思えば幽霊船。静山はそれを狙っているのだ。追う側はさぞかし疲弊するだろう。

「その隙に乗じて、じっさいの貿易船を動かし、莫大な利益を得ること」

「ははあ」

儲（もう）けたいというのは、以前からしばしば聞いていた。冗談のようにして言うこともあるが、本気であることはわかっている。

「かつ、貿易は儲かるものであるならやはり、海外のことを知らなければならないのではという世論をつくること。そこからしか開国の機運も生まれまい。小さな国が閉じこもっていれば、やがて世界から孤立するぞ」

「さすがに」

彦馬はうなずいた。

このあたりが静山の大きさだろう。利益だけではない、異国との交流そのものに夢を抱いているのだ。

「遠大なだけではない。目先のことにも役立てる。幽霊船には攻撃力も持たせ、攻めてくる船は迎え撃つ」

静山は口にはしないが、もちろん攻めてくるのは他国よりも幕府や他藩の船だろう。

海戦も辞さないというわけである。

「はい」

と、彦馬はうなずいた。じつは平戸の海では海戦の訓練もしていた。

「どことは言わぬが、すでに密貿易に着手している藩もある」

「はい」

それは彦馬も海上の島々の住人や漁師たちからも聞いている。とくに薩摩(さつま)の琉球(りゅうきゅう)貿易にはずいぶんきな臭いものがあると。玄界灘だけではない。いまや外海にも海賊と呼ばれる人たちによって、日本の船がひそかに行き来しているのだ。

ただ、幽霊船などという遊び心にあふれたものを持ち出してくるあたりは、静山ならではのことだろう。

「ところが、この計画にも、この世のあらゆるものといっしょで、まずい面もある。というより、あったのに気づいた」

と、静山は顔をしかめた。

「それは？」

「幽霊船にもときどき本物が混じるんだよ」

静山は本気で弱ったように言った。

「本物？」

「つい、最近だが、江戸湾にも出た」

「まさか？」

彦馬は信じられない。

幽霊船の噂はしょっちゅう聞いていた。だが、それは平戸の外海での話である。

江戸湾に幽霊船というのは、昼飯時にお化けが出てくるようなものだろう。

「この荘助が浦賀沖から小舟で入ってくる途中でじっさいに見た」

静山がそう言うと、荘助は彦馬と千右衛門を見て、

「おれも直接、乗り込んでみた。悪戯心でちっと漕いでみたりもしたが、あれはやはり、幽霊船だったと思う……」

と言って、荘助は肩のあたりをぶるぶるるっと震わせた。

幕府のお船手組に同心として勤める田島謙三郎は、近ごろ、夜歩くのが怖くなっていた。いかに見習いに毛の生えた二十二の若者とはいえ、これはやはり自分でも情けないと思う。きっかけは、十日ほど前に佃島の沖で不思議な船を見たからである。

いや、見ただけではない。攀じ登ってその不思議さを目の当たりにした。

最初に見たのは白骨だった。頭蓋骨しかなかったのも奇妙だった。

だが、それよりも不思議だったのは、船底の小部屋に転がっていたものだった。

思い出すと布団を頭からかぶって寝たくなる。

「謙三郎、お茶は？」

と、隣りの部屋で母が呼んだ。

「いただきます」

隣りは居間になっている。ここはいつも騒がしい。

田島家は大家族である。父母は健在だし、やはりお船手組に勤める兄夫婦には十二から三つまでの子どもが五人いる。それに謙三郎と妹が二人、これに下男が一人に猫が三匹いる。

いつもどこかで騒ぎ声がしていて、寂しいという気持ちにはまずならない。

このあいだまでは鬱陶しいと思う気持ちもあり、早く養子に出て、この喧騒から逃れたいと思っていた。だが、あんなことがあると、うるさい家はつくづくありがたい。怖さを思い出さずにすむ。

「いただきものの菓子ですよ」

と、兄嫁が出したのはぷよぷよした感じの水饅頭である。

一瞬、あれに似てるな、と思った。

眉でもひそめたらしく、

「お嫌い？」

と、訊かれた。

「いえ、そんなこともないのですが、このかたちが……」

「かたちが何だ？」

と、さっきもどったばかりの兄が訊いた。

「このあいだの幽霊船にあったものに似てまして」

おたまじゃくしに似ている。赤ん坊にも似ている。だが、いちばん似ているのはかいこがつむいだまゆだろうか。白くふわふわした感じもそっくりである。尻尾のほうはそう尖ってはおらず、大きな丸と小さな丸をくっつけたようでもある。

謙三郎が「幽霊船」という言葉を出すと、妹たちや子どもたちが、ばね仕掛けみたいにいっせいにこっちを見た。興味津々なのだ。

「ああ、それか。その話はもう、やたらとするのはやめたほうがいいかもしれぬぞ」

と、兄は弟をたしなめた。

「どうしてですか？」

この話をすると、謙三郎はいつも、上司や同僚からも同情の混じった目で見られる。まるで気がおかしくなったみたいではないか。

「兄上までわたしのことをお疑いですか？」

「そうではない。上のほうもそなたが見たものを重要視し、正体を調べるため、隠密の連中を動かすことになったらしい」

「隠密を？」

「うむ。どうも、奉行所ではなく、城のお庭番が動くらしい。ただ、船を出すときなどはわしらが協力する」

「そうですか、やはりあれは何か重大な事態だったのですね」

船底にあったものを見ると、謙三郎と小者はいったん甲板に出て、下の小舟にいる上司を呼び寄せようとしたのだった。

そのとき――。

あの腐りきったようなぼろぼろの船が動き出したのである。寝たきりだった老人が、「ちょっと墓参りに行ってくる」と、いきなり立ち上がったような衝撃だった。

「うわっ」

謙三郎は驚きのあまり、船の縁から下の海に墜落してしまったのだった。手すりが腐っていて、ばりばり崩れるくらいもろくなっていたのもまずかった。

そのあと、小者も逃げてきて、調べ直すどころではない。上司も呆然と見送るばかり。船はゆっくりと沖へ出て行ったのである。

「そなたが船底で見たものについても、いろいろ検討がおこなわれているらしい」

「そうですか」

と、水饅頭を眺めながらうなずいた。

「どうも、それは勾玉というものではなかったかとの意見が出ているらしい」

「勾玉……？」

聞いたことがない言葉である。

「直接、見たのはそなたと小者の治作だけだ。あらたに問い合わせがあるだろうが、忘れぬうちに絵にでもしておいたほうがよいかもしれぬぞ」

「あ、そうですね」

謙三郎もそれはいい考えだと思ったが、しかし、あれをくわしく思い出そうとすると、なんだか気分が悪くなるような気がした。

お庭番の本拠とも言える桜田御用屋敷では、いま、小さな葬儀がおこなわれていた。

下忍の宵闇順平の葬儀だった。

ふつう下忍の葬儀などはしない。死んだら死にっぱなしである。傷ついてようやく門のところまでたどり着いた下忍を、そのまま放置したという話も残っている。屋敷とは関係ない者というわけである。

だが、お庭番の実質的な頭領である川村真一郎はこの葬儀を敢行した。束ねる者として、これはなんとしてもおこなうべきであるという信念がやらせたのだった。

お庭番のために戦って死んだのである。こうした死を讃えずして、下忍たちはこの先、命を賭けてお庭番の仕事に邁進するだろうか。

目的のためには惜しみなく命を捨てさせるためにも、戦死は讃えられなければならないのだ。

「このたびは……」

耳元で唄うような声がした。

そっちを見ると、呪術師寒三郎がいた。いい声である。くノ一たちの中には、寒三郎の声は「腰にくる」などという者もいるらしい。

声がいいかわりというわけでもないだろうが、目は閉じられている。見えないわけではない。ときどき薄目を開いたり、まれにカッと見開いたりもする。

「お、着いたか」

「先ほど。なんと、宵闇順平が敗れたのですね」

「うむ」

「抜け忍に？」

「……」

川村は答えたくない。屈辱がこみ上げる。

「雅江の娘だそうですね？」

「聞いたか？」

「いま、そこで。しかも、雅江は死に、娘のほうが逃げているとか」

「そういうことだ」

「雅江の娘ならある程度、腕は立つでしょう。だが、宵闇順平が敗れるほどとは」

「……」

川村もそれは意外だったのだ。

織江はそこまで腕を上げていたのか。強い織江、戦う織江。面影はいささか混乱する。

「遺体は本郷妻恋町にあったのだとか？」

「そうなのだ」

「そこに何があるのですか？」

「わからんのだ。だが、何かがある。あるいは、誰かがいる。それも含めて探ってもらいたい」

と、川村はつぶやくように言った。

寒三郎が部屋の隅を指差した。

「それは？」

箱に順平の遺品が入っているが、上に置いたものが目立っている。

「宵闇順平が松浦静山の寝室から盗ってきたそうだ。静山はこういうくだらぬものにやたらと興味を持つ男なのだ」

「ほう。さすがに順平、寝室まで接近していましたか」

「たわむれみたいなものだ」

「いえ、役に立ちますぞ。いいものを持ってきてくれた。埴輪に土偶に勾玉です。いにしえの墓に収められていたりしたものです。これらは、呪術にはもっとも役に立つものでしてね」

川村はこの男のことがいちばんわからない。本当に呪術というものに力があるのか。目に見えぬ力というのはあるのか？

亡くなった父は、寒三郎がいまのところ、お庭番ではいちばんではないか——そう言っていた。

そこへ——。

「川村さまに至急と……」

下忍が飛んで来た。老中からの使いだった。

こんな使いはそうやたらと来るものではない。もちろん、下忍ごときの葬式への弔問でもない。

「江戸湾に幽霊船が出現した。お船手組とも協力し合って、これを探るよう」

「なんと……」

「詳しくはその報告書を読むように。子どもの怪談話というようなものではなさそうだ。むろん、ただの難破船でもない」

使いはそれだけ言って、帰って行った。

「若頭領……」

と、寒三郎は言った。

嫌な言い方だと、川村は思った。

「なんだ？」

「いいのですか？」

と、寒三郎は訊いた。使いの話はすべて聞こえていたのだ。使いの者は声をひそめたつもりだったが、この連中の鋭敏な耳には筒抜けになる。

「何がだ？」

と、川村は逆に訊き返した。

「得体の知れぬ船が江戸湾に入ってきたのでしょう？　国防にかかわること。織江のことなど二の次なのでは？」

寒三郎はまるで川村の側役にでもなった口調でそう言った。

二

彦馬の長屋に原田朔之助がやって来た。このところ、よく、こんなふうに突然訪ねてきては、愚痴をこぼしていく。

彦馬は手習いの教本をつくっている途中だったので、終わるまで待ってもらったが、そのあいだずっとイライラしてしきりに煙草を吸っていた。

一区切りついたところで、

「どうした？」

と、声をかけた。

「女房と喧嘩した」

「またか？」

「やっぱり八丁堀から嫁を取ればよかったかもしれぬ」

と、始まった。

「なんだ、いまさら？」

「なあに、周囲からはずいぶん忠告もされていたのだ。町家から嫁をもらうと、裕福な暮らしを味わうことはできるかもしれぬ。だが、同心の家と商家では、暮らしぶりはまるで違う。そのうち喧嘩の種になってくるぞと」

「じっさいそうなのか？」

「ああ。暮らしぶりが違うってのは大変なことだな」

「でも、同心の家も商家もそれぞれ違うだろう。みんな、適当に合わせながら暮らしているんじゃないのか？」

「それでも越えられないような川があるんだ」

「そうかねえ」

ふと、織江が平戸の海を小舟で渡ってくる姿が浮かんだ。海原に、たった一人。いま思えば、ずいぶんと心細い光景だった気がする。

原田はあの、のろけてばかりいたころのことは忘れてしまったのだろうか。渡ってくること。越えてゆくこと。人の暮らしはそればかりではないか。

「戯作に書いたのもまずかったかもしれない。それを盗み読まれてしまった」

原田は戯作者の山東調念天に弟子入りし、定期的に作品を読んでもらっているらしい。まだ出版には至っていないが、当人はすっかり戯作者になったようなつもりでいる。

「怒ったのなんのって」

「戯作のことで？」

「ああ。そりゃあ、ちっと商家を悪く書いたし、じっさいにあった話も誇張したところはある。だが、面白くするために書いたことだぞ。別にあいつの家を世間にさらそうというわけじゃない。あんなに怒ることはないんだ」

「ふうん」

読んでみないとわからないが、あまり読む気にはなれない。

煙がひっきりなしに彦馬の顔に吹きつけられる。

「おい、煙草を吸いすぎだろう」

と、彦馬は文句を言った。

「だが、吸わずにはおれぬのだ」

「身体に悪くないのか？」

「悪いらしい」

「だったらやめろ」

「それがやめられねえのさ」

原田は炙られている旬の秋刀魚のように、ますます濛々と煙を吐き出した。

静山の離れを、また彦馬と千右衛門が訪れた。

原田も気晴らしがてら来たいと言ったが、今日の話はさすがにまずい。藩政の相談だからと、当たりさわりのないことを言って断わった。

とはいえ、じっさいはあまり大事な話にはならなかった。

江戸湾の幽霊船はなかなか調べがつかないのである。新しい材料もなく検討のしようもない。ただ、幕府も動き出したらしい。あまりうろうろしないほうがいいだろうというので、なりゆきを見守るような結論になった。

「ところで、話は変わるのだが、当藩の用人が雙星に相談があるというのだ」

と、静山が用人を呼んだ。

「ご用人……？」

ふだんほとんど話したことがない。が、とくに断わる理由もない。

「用人の松山吾兵衛です」

と、頭を下げたのは、六十ほどの頑固そうな人である。

「御前からうかがっておる。謎を解くことにおいては恐るべき鬼謀にめぐまれていると」

「大げさですよ」

と、彦馬は照れた。

だが、この前は神田の大店のあるじからも似たようなことを言われた。こっちは千右衛門から聞いたらしい。どうも江戸に来てから、おかしな能力を認められた気がする。

「そう言わずに、相談に乗ってくれぬか」

と、用人は真面目な顔である。

「なんなりと」

「これなのだがな」

袱紗を開いた。

一寸にも満たない赤い石だが、奇妙なかたちをしている。丸いものを二つくっつけて、これを斜めに伸ばすようにしたかたち。それが三つ、並んでいる。

「ああ、見たことがあります」

と、彦馬は言った。

「ほう、どこで?」

「御前のそちらの部屋で」

小箱の中にいっぱい置いてある。天体観測に来たときも何なのかと思ったが、訊く機会がなかっただけである。

だいたいが静山の部屋や棚の引き出しには、骨董ともがらくたともつかぬ妙なものがわんさかある。これらも『甲子夜話』のネタになっている。

こういうのを並べて悦に入っている静山は、なんだか微笑ましい。子どもがそのまま大人になったようなところもある。

「何なのですか？」

あらためて訊いた。

「ふつうは勾玉というのさ」

と、静山は答えたが、変な言い方である。

「ふつうは、勾玉……」

「いにしえの人々が、耳飾りや糸でつないで首輪や腕輪にもした。だが、なぜこんなかたちになったのか、飾り以外にも意味はあったのかなど、詳しいことは定かではない」

「そんなに昔のものでしたか」

「色もこんなに赤いのはめずらしい」

たしかに熟れたざくろのように赤い。

「おそらく瑪瑙だろう。こっちにわしが持っていたものがある。やはり瑪瑙だが、これほどには赤くない」

と、よく似たものを手のひらに載せた。

「お宝のようなものですか？」

「わしのはとくに代々伝わった宝ではない。以前、国許の城の一部が地震で崩れ、改修工事をした際に、土中から出てきたのだ。もともと、城があるところは、古代の墓があったところらしいから、お宝の一種ではあるのだろうがな」

と、静山は言った。

「ははあ」

「よく比べて見てくれ」

「同じですね」

「いや、違う。勾玉に似てるけど、ちょっと違う。これは勾玉ではない」

と、静山は袱紗のほうを指差した。

彦馬は目を近づけてもう一度見た。

「ああ、たしかに。小さな穴がないですね」

「そうさ。これでは耳飾りも、首輪や腕輪もつくれぬ。ただ、ぽろりと持っているだけでは、勾玉とは言えぬ」

ということは、きれいな瑪瑙をわざわざこんなかたちに削った。小さな穴は開け忘れたということはないだろう。すると、目的はまるで違う。

「これはどこにあったのですか？」

と、彦馬は用人に訊（き）いた。

「それは言わなければならぬか？」

用人は顔をしかめた。

「そうですね。これがあった状況や、持っていた人のことも知っていないと、真相に迫ることはできないと思います」

「それはそうだな」

用人は言いにくそうである。

「じつはわしの娘じゃ」

と、わきから静山が言った。

「娘？」

なぜか織江の顔が浮かんだ。織江が静山の娘であるわけがない。もしかしたら、顔立ちにどこか似ているところがあるのかもしれない。

「わたしがたまたま姫の荷物から見つけたのじゃ。それをそっと持ち出してきたわけだが……」

と、用人が言った。

「それはまた……」

彦馬は会ったことのない姫に同情してしまう。持ち物まで調べられるような暮しはさぞかし息苦しかろう。

「何となく気味が悪い。御前に相談したら、その手のことを探るのにぴったりの男がいると。ぜひ、そなたに正体を突き止めてもらいたいのだ」

「直接、姫にお訊ねになれば、いちばん手っ取り早いのでは？」

「それがしにくいので、そなたに頼むのじゃ」

なんだか怯えているようなふしもある。真実は知りたいような、知りたくないような
といったところか。

「では、わたしにこれを見ただけで、用途や正体を当てろと……」

と、彦馬は言った。だが、それは無理というものだろう。

「いや、浮かんだ疑問を言ってもらえば、こっちで調査をおこなう。そなたには、
新しい見方のようなものを示してもらいたいのだ」

「ちと、拝見」

と、手に取ってじっと眺める。

「どうじゃ？」

「しばらくお借りしてもよろしいですか？」

「長くならなければな」

と、用人はうなずいた。

「さすがの雙星もこれは難しかろうな」

静山が言った。自分もあれこれと考えてはみたらしい。

「なんせ、勾玉という言葉を聞いたのも初めてですので」

と、彦馬も首をひねった。

静山としばらく雑談をしてから、雙星彦馬が帰ろうと離れを出て、門のほうに歩いていると、

「爺ぃはおらぬか」

と、声がした。

廊下に姫がいた。

あでやかな着物をはおり、立ち姿は若竹のようにすっきりしている。こういう姿勢の女性は巷にはほとんどいない。お姫さまはやはり、一目でわかる。

――あの方が……。

きれいな人だった。ただ、すこしばかり歳はいっているかもしれない。

そういえば聞いたことがある。彦馬が滅多に行かない上屋敷のほうの離れに暮らしていて、いつも女だてらに江戸の町を歩きまわるのが好きな姫がいると。

何となく、十七、八のやんちゃな姫を想像していたが、あんなふうな大人の女とは思わなかった。

「どうなさいました？」

さっきの用人が駆け寄ってきた。

「無くなったものがある。文机の上に十個ほど置いていたものが、いま見たら三つほど足りない。どうかしたのではないか？」

と、姫はきびしく詰め寄った。

「さあ、存じ上げませんなあ」

「そなたのほかに誰が入る？」

「こっちの屋敷は、また人の出入りが違いますからな」

用人は苦しげな顔でちらりとこっちを見た。

彦馬もしらばくれて、急いでその前を通り過ぎた。

三

織江は変装していた。

小太りで動きの遅い、人のいい長屋の女房。中屋敷に飯炊き女として入ったときと似ているが、雰囲気は変えた。あのときは農家の後家らしい土臭さを強調した。今度は江戸のざっくばらんな暮らしの匂い。亭主はそこそこの腕の大工で、たまに仕事にあぶれる。そんなときは織江が千住の実家にもどってネギ畑を手伝い、いささかの食い扶持をもらってくる。ただ、このところは亭主にも仕事がつづき、あまり気に病むこともない——そんな雰囲気を漂わせている。

妻恋町の坂をのったりのったり歩いている。

——それにしてもなぜ、自分が妻恋町にいることを察知されたのか。

ずっと気になっていた。

根岸の里の隠れ家は察知されていない。だいいち、あそこが知られていたら、向こうで襲ってくるはずである。人けもなければ、大勢で包囲しても騒ぎにはならない。わざわざ目立つほうで襲ってきたようなものである。

どこかで後をつけられたのか。

——ん？

前のほうから知った顔の男が来た。

彦馬の養子である。ここらに来ていてもおかしくはない。

どうせ気づくまいと思っていたら、

「あれ、どっかで会ったかなあ」

と、声をかけてきた。

「いえ」

ぼんやりした笑顔でごまかしたが、内心、驚いた。まさか気づくまいと油断した。

静山の中屋敷で飯炊き女に化けたときと似ていたのか。そんなわけはない。似ているのは小太りのところだけである。

話したそうにしていたが、そのまま通り過ぎた。

しばらく行って、ふと、足が止まった。

導かれる答えは一つしかなかった。

居場所を知られたわけ。

彦馬のことを知られたのだ！

わたしではなく、夫である彦馬が江戸にいることを知られてしまった。

だから、あそこで宵闇順平が待ち伏せていた！

恐怖がこみ上げた。彦馬にお庭番の手が迫っている。

静山の下にいるならともかく、あんな長屋で開けっぴろげな暮らしを送っていたら、ひとたまりもない。

静山の屋敷に入るように言おうか。

だが、とりあえず彦馬自身が目的ではない。彦馬などは、なんの不都合にもならないと馬鹿にしているだろう。

ひとえにわたしをおびき出すための道具のように思っているのだ。

もう、ここには近づかないほうがいいのか。織江はたった一つの希望が失われた気がした。何のために、母まで失って、お庭番を抜けたのか。いつかは抜けるにせよ、もっと先でもよかった。決心をうながしたのはやはり、彦馬ともう一度、暮らしたいと思ったからではないか——。

その彦馬のためにも妻恋町から遠ざかるべきなのだろう。

——いや、違う。そうではない。だったらなおさら、わたしはここにいなければならない……。

本気でわたしをおびき出そうとしたら、連中はかならず、わたしがもっとも嫌がることを仕掛けてくる。すなわち、彦馬を抹殺する……。

彦馬を守るためにも、わたしはここで討っ手を迎え撃たなければならないのだ。

坂を上りきり、妻恋神社の前に出た。

——ん、あの男……？

何か怪しい。頭巾をかむった白髭の男。

緊張が走るが、逃げたり急に歩く速度を変えたりしてはいけない。逆に近づいて行くくらいでいい。

何か落とした。いや、放ったのか。そのまま、遠ざかっていく。

織江は男が道端に落としたものを拾った。

——何かしら？

うっすらと赤いきれいな石。かたちは愛嬌が感じられる。

まさか、たったこれだけのことで、自分が見破られたとは思わなかった。

呪術師寒三郎は、防火用水の陰からゆっくりと姿を現わした。頭巾に白髭、袖無し羽織にかるさんを穿いた姿は、街頭に出る易者のようである。ただ、閉じられた目のせいで、表情はよくわからない。

——してやったり。

と思った。

織江を誘い出すのに釣りに似た方法を取った。怪しい女を見かけるたび、視界の中を流星のようにあの小石を横切らせた。

小さな動きと、小さなもの。日常の光景の中にそれを見て取るということ自体が、誰でもできることではないのだ。夜空に流星を見てとることより難しい。あの女はそれをやった。

「ふっふっふ。これで呪術の大事な道具を手にしてくれたわけだ」

宵闇順平が静山の寝間から盗ってきた勾玉を、呪術の道具にした。こうしたものはもともと呪いがこもっている。数千年に及ぶ人の思い。怨念が化石になったような、凄まじい力を秘めているのだ。

寒三郎は目をうっすらと開けて、にやりと笑った。

四

雙星彦馬は夕飯をすませたあと、長屋で横になって、勾玉もどきをじっと見ていた。

さっきまでにゃん太がしきりに興味を持ち、手を出したり、ひっかこうとしたりした。あまりに熱心なので、これは猫をからかって遊ぶものではないかと思ってしまったほどだった。

だが、食いものではないとわかると、すぐに興味を失ったらしい。いまはもう腹がくちくなって、ごろりと腹を上に向けて横になっていた。

彦馬は勾玉もどきを三ついっぺんに手で握り、にぎにぎするようにかたちを確かめている。面白い手触りである。

中風（ちゅうぶう）で倒れた人が、訓練でくるみをもてあそんだりするのはいいことらしい。勾玉もいいのではないか。

だとすると、中風はないとしても、姫さまはなんらかの病で手が利かなくなり、それを元にもどすためにやっている？

ただ、それにしては小さい気がする。

次にカチカチと鳴らしてみる。

ふつうの石よりは澄んだ音がする。試しに火打ち石を鳴らしてみるが、やはりこんなに澄んだ音はしない。

この音を楽しんだのだろうか。

だが、姫などというのは、琴や笛などいろいろ楽器をあやつるはずである。だったら、そちらを弾いたり吹いたりしたほうがよほど楽しいはずである。

——不思議なかたち……。

と、あらためてそう思った。何のためにこんなかたちになったかは定かでないと御前は言っていた。だが、やはり何か意味はあったのだろう。いにしえの人たちの心。松浦家の姫はそれに感応したのか。

ふと、背筋が寒くなった。美しい姫の呪い。そんな言葉が脳裏を横切った。呪いの道具などであって欲しくない。もっと楽しい話、夢のような話であってくれたらいい。

そういえば、昼間、ちらっと手習いの子どもに勾玉もどきを見せてしまったとき、

「飴玉（あめだま）かい？」

と、訊（き）かれたものだった。

これは子どもじゃないと浮かばない発想だろう。
たしかに、うまそうな気がする。
じっと見ていたら、舐めたくなってきた。まさか味などするわけはない。
誰も見ていない。にゃん太だけ。
汚いかもしれない。台所に立ち、甕の水で洗った。
そっと口に入れて、舐めた。
一つ、二つ、三つ。全部、口に入れた。
「にゃご」
にゃん太が見たぞと言ったような気がした。
予想どおり、味はない。
だが、舌触りは面白い。舐めていると、なんとなく気が休まる。退屈しのぎには
いいかもしれない。
――ん？
思いついたことがあった。
原田朔之助に訊ねたくて、八丁堀の役宅に行った。
手前の道にさしかかったとき、原田がちょうど、近くの飲み屋ののれんをわける

ところだった。

「よう、原田」

「雙星か。付き合え」

すでに顔が赤い。どこかですこし飲み、足りずにさらに飲むつもりだろう。

「なんだよ、家はすぐそこだろう？」

「最近、敷居が高いって言っただろ」

「まだ高いのか？」

「いまは酒というはしごを借りねえと、とても越えられねえくらいさ」

大真面目な顔で言った。

「じつは訊きたいことがあってな」

「だったらなおさら、付き合わねえなら教えるもんか」

まったく、この男はわがままである。

「しょうがないな」

ちょっとだけ付き合うことにした。

同じころ――。

雙星織江も勾玉をじっと見つめていた。

根岸の里の隠れ家である。警戒しながらこの家に入った。

やはり、こっちは突き止められていないはずである。

妻恋町から尾行がついていたが、両国(りょうごく)の人だかりを利用してまいた。つけて来ていた男に見覚えはなかった。討っ手というより、ただの下働きの男だろう。

そう言えば、思い出したことがある。いつだったか母さんが、お庭番で腕の立つ者の名をあげていた。

「宵闇順平と、呪術師寒三郎。この二人が双璧(そうへき)ね。あとはたいしたのはいない。あんたの友だちのお蝶(ちょう)ちゃんはいいものを持ってるけど、まだまだ時を必要とするわね。あんたが抜けたとき、討っ手となるのはあいつらかもしれない……」

宵闇順平はこの前、妻恋町の屋根の上で死んだ。

もう一人、呪術師寒三郎……。

織江が学んだ心術は、呪術とは違う。人の気持ちを利用するが、怪しげな力には頼らない。

だが、呪術のことは聞いたことがある。

呪術は、術をかけていることを相手に知られたほうがいいらしい。それは、心術にもそういうところはある。相手に不安を与えたうえで、心の中に入り込む。呪術はもっとはっきり相手に知らしめるらしい。

いま、お前のことを呪っているぞと。

呪われると何が起きるのか。よくわからない。頭がおかしくなって自害する者もいるらしい。

——やはり、これを拾ったのはまずかったのかもしれない……。

あのとき、これを落とした男は、わざとわたしに拾わせたのだろう。これで呪いにかかったぞと伝えたつもりなのだろう。

——この変なかたちの玉……。

おかしな力を感じた。

ふいにがたがたと家が鳴った。

風が吹いたのだ。

ろうそくの炎が揺れた。織江の影が、壁で踊った。

五

「御前、わかりましたよ」

と、彦馬は上気した顔で言った。

夜も更けていたが、八丁堀からここ本所中之郷まで駆けてきた。

「ほう。座れ、座れ」

いままで骨董を磨いていたらしい静山も、いそいそと座布団を勧めた。

「ご用人の松山さまを」

すぐに呼んでもらった。

この前「爺ぃ」と呼ばれていた。姫の口調には甘えが感じられた。関係は悪くないはずである。

用人は湯上がりらしく、肌をぴかぴかさせながら静山の離れにやって来た。

「ご用人さまにちと、うかがいにくいことを訊きます」

「うむ」

「こちらの姫さまは、煙草を吸われませんか？」

と、彦馬は訊いた。

静山と顔を見合わせた。答えはそれでわかる。

「吸っておられた。だが、いまはやめた」

と、用人が答えた。

これは予想どおりである。

女の喫煙はとくにめずらしくはない。大奥などは煙草盆だらけと聞いたことがある。

「よくやめられましたな？」

「ずいぶん苦労したらしい」

「イライラもなさったり」

「うむ。御前と似て激しいところもおありでな。ここの犬もこのところ姫さまには寄り付かないようにしていたみたいだ」

松山がそう言うと、

「乱暴でもしたのか？」

と、静山は不安げに訊いた。

「いえ、それはしません。生きものはお好きですから。ただ、ぴりぴりした雰囲気などは感じてしまうのでしょう」

「犬は敏感だからな」

「それです」

と、彦馬は言った。

「ん？」

勘のいい静山だが、まだ見当がつかないらしい。

「それがあの勾玉（まがたま）もどきの正体です」

「どういうことだ、雙星？」

「煙草をやめると、口寂しくなるそうですね」

「うむ。それで姫は飴を舐められていたようだが」

と、用人は言った。

これも原田が同じ経験をしていた。

栄太楼の梅干飴を一日百個くらい舐めたという。煙草のかわりにしていると、それくらいはいってしまうのだそうだ。

「だが、弊害が起きますでしょう？」

「煙草を我慢する分、飴を舐めたら、肥ってくるわ、虫歯は痛くなるわで、まだ煙草を吸ったほうがましだと思ったらしい」

「そのかわりにあれを舐めるようにしたのです」

「なんと」

静山と用人は顔を見合わせ、口をあんぐりと開けた。

「きっかけは出土した本物の勾玉を見ているうちに思ったのだと思います。あれは見ているうちに舐めたくなってきます。だから、わざわざ仏具屋あたりに行って、あのかたちに似せたものをつくったのでしょう」

「そうか。なるほど」

と、静山は大きくうなずいた。

彦馬は預かっていた勾玉もどきを懐から出し、二人の前に押しもどした。これで手元を離れると思うと、かわいらしい生きものに別れを告げるような気がした。

「だが、弱った。かわいそうで、叱るわけにもいかんしな」

静山は腕組みした。

ついつい煙草に手が伸びてしまうような姫の心の悩みにも、思い当たることがあるのではないか。

「そうなのです。ですから、わたしも心配で……」

用人もつらそうにうなずいた。

「もう、おやめになりますよ」

と、彦馬は言った。じっさい、姫さまの強い意志も感じられる。

「そうだな。わしがいちばん心配したのも、静湖がおかしな呪術にでもはまったのではないかということだった。あの手のものは呪術の道具にされたりもするのでな」

「ははあ」

「だが、けっして幸せな気持ちでいるのではあるまい。それは明らかなのだがな」

静山はいかにも不憫そうな顔をした。

川村真一郎は桜田御用屋敷の中庭を歩いてきて、ふと足を止めた。下忍（げにん）たちが暮らす長屋の前である。

部屋の中で火が焚（た）かれ、寒三郎が拝んでいた。山伏が似たようなことをするのはかつて見たが、それとはちょっと違う。恰好（かっこう）などもとくに改まっておらず、ふだん着ているものである。

祭壇のようなものがあり、手には数珠（じゅず）を持っている。だが、拝んでいるのが神なのか仏なのかもわからない。

――まさか、呪い殺そうとしているのか。

一瞬、織江が喉（のど）をかきむしって苦しむ姿が見えた。

やめさせようかと思った。もう、いい。薩摩に帰れと。

だが、胡散（うさん）臭いと思う気持ちもあるのだ。

――単なるハッタリではないのか。

川村は声もかけずに、長屋をあとにした。

寒三郎は織江のことなど「二の次では？」と言った。

二の次ではなかった。川村の気持ちの中では、何よりも優先されるべきことだった。

織江に対する思いはますますつのっていた。

不思議だった。

「あんな小娘に」

と、口に出して言った。そう言うことで、自分のいまの思いは、単なる世迷(よま)いごとなのだと言い聞かせようとしたらしい。

効果はなかった。肉体と違って、心はなかなか制御が難しい。

小娘と言った途端、織江の表情や物言い、身体つきなどが浮かんだ。目立つ美人ではない。だが、ひどく魅(ひ)きつけられるものがある。けなげさ。やさしさ。男が夢想するほどに、けなげでも、やさしくもないはずなのに……。

思い出すと、たまらなく切なかった。

寒三郎には、

「見せしめにする。殺すな」

と、命じた。だが、あいつらは殺してしまうのではないか。そう思ったら、あいつらを呼び寄せたことを後悔した。まもなく、長州(ちょうしゅう)からは浜路(はまじ)も到着するはずである。浜路を待ち、二人で戦わせて生け捕りにしたほうがいいのではないか。

自分の書斎にもどってもまだ落ち着かなかった。

茶を点(た)てて、気持ちを静めようとした。湯のわく音に松風を思う。静かな夜。

ふと、途切れ途切れにいくつかの言葉が浮かんできた。

「苦しかりけり……」

「わが胸の……」

「茶道も消せぬ……」

言葉はまだ足りない。

——なんだ、これは？

と、川村は自分の心をいぶかしんだ。まるで、自分の心の奥底から暗号が届けられてきたようだった。

やがて、いくつかほかの言葉が浮かび、配列を変えた。

すると、こんな文句になった。

　小夜更けて茶道も消せぬわが胸の
　燃ゆる思いの苦しかりけり

うまいとか下手とかの判断はできない。ただ、思いが強すぎて、日常の言葉では言い足りない気がするのだ。

——ああ、わたしは歌人になりたい……。

と、川村真一郎は思った。

松浦家の静湖姫は、そろそろ三十路に近づいていた。

まだ、嫁に行っていない。出戻ってもいない。もう誰もそのことについては触れない。静湖姫の歳のことは、庭のどこかに埋めた金魚の墓のように忘れられた。それもまた、当人からすれば腹立たしい。

まさか、こんな運命が待っているとは、幼いときの姫を知っている者は夢にも思わなかっただろう。

美貌にめぐまれ、快活で、聡明だった。

人も羨む人生を送るのだろうと、皆、当たり前のようにそう思った。事実、十二、三になると、お城を中心に噂が駆けめぐったらしく、問い合わせが相次いだ。その中には、知らぬ者とてない大大名の名もあったらしい。

ところが、人生というのはそんなに甘くはできていない。

これまでに七度の縁談が失敗に終わった。

最初の相手が帰り道でふらっとして堀に落ち、溺れて亡くなった。二人目は、会った翌日から熱が出て、これが重い病につながり、やはり亡くなった。その後も、縁談の相手に事故と病が相次いだ。

以来、どこからも話は来なくなった。あの姫と縁談が起きると、男のほうに凶事がおとずれる——そんな噂まで飛び交うようになった。

最後に縁談があったのは、二十四のときだった気がする。はるか、遠い昔——。

その静湖姫が目を瞠っていた。

「この、勾玉の使い道がわかっているだと？」

「はい」

と、用人の松山はうなずき、袱紗に包まれた勾玉もどきを押し出した。

ここは本所中之郷の下屋敷ではない。向こう柳原にある平戸藩の上屋敷である。

町に出て行くのに都合がいいというので、静湖姫はこちらの屋敷に起居していた。

ただし、離れのほうにひっそりと住んでいる。

「持ち出したのはやはり、そなたか」

「申し訳ありません。何か邪教の教えにでも引っかかったのではないかと心配しまして」

「ふん」

と、そっぽを向いた顔はまだ十代の少女のようである。

「安心しました」

「本当にわかったのか？　当ててみよ」

と、年寄りをからかうように言った。

「じつは……煙草をやめた口寂しさを解消するのに、飴(あめ)のかわりに舐(な)めておられたのでございましょう」

「なんと」

姫の頬が赤らんだ。

「どうして、それを？」

「わが藩の者が謎を解きました」

「まさか、わらわの日常を探ったのか？」

「いえ、これを穴が開くほど見つめ、あれこれ考えたあげくに、その推測にたどり着いたのだそうです」

「推測で……」

「そういうことが得意らしいです」

「若いのか？」

「二十七、八くらいだったかと」

「賢いのう」

「なにせ、御前が頼りにするくらいですから」

「どんな顔をしている？　武術はどうだ？　何か好んですることなどはあるのか？」

と、矢継ぎ早に訊いた。
静湖姫は、どうやら雙星彦馬という男にひどく興味を持ったらしかった。

第二話　酔狂大名

一

「若頭領は呪術(じゅじゅつ)を信じないと？」

寒三郎は薄目を開けて川村真一郎をじっと見た。仏は半眼などというが、こっちは慈悲も情けもない、不気味なだけの目つきである。

たとえ上司でも、呪術への侮辱だけは許しませぬぞという気概がこもっている。

「いや、そこまでは言わぬ。ただ、わたしが学んできた術とはまるでかけ離れていて、想像することもできぬ。その力をちょっと見せてもらえればと思ったのだ」

「薩摩からの報告をご覧になっていない？」

寒三郎は怠慢を責めるような口調で言った。

「いや、見た」

重要な人物が三人死に、四人は気がふれた。いずれも、琉球貿易を推し進めていると言われた人物である。

ただし、薩摩の内情を探るという意味では、あまり役立っていない。ここらも、この男の術に首をかしげたくなる。死んでしまったら元も子もないではないか。だが、寒三郎に言わせると、こっちの手の内にある男を、かわりに重要な地位に押しこむことができるのだという。

「しかも、まもなく織江でそれを目の当たりにしますが」

「織江には死なれたら困るのだ」

「だが、抜けたのでしょう。もう用済みなのでは？」

寒三郎は不満げに言った。やはり、この男はわかっていない。

「抜けた理由がわからぬのだ。平戸藩の動きとからんでいるやもしれぬのでな」

「ふうむ。くノ一のそうした騒ぎのほとんどは、男が原因だと思いますがな」

寒三郎は、いかにも下卑(げび)た顔で言った。

「殺してもよい相手で試してくれぬか。これからのそなたの地位や仕事を決めるうえでも知っておきたいのだ」

これを言えば断わらないはずである。

「いいですよ、若頭領がそこまでおっしゃるなら。誰か名を」

あまりにも軽く引き受けたので、

「え？」

逆にとまどったほどだった。

「殺して欲しいのは？」

川村はうっかり松浦静山と言いそうになった。だが、あの男は自分が直接、剣で倒したい。それくらい憎い。

「では、松平深房を」

と、名を告げた。

東海の小藩の元藩主である。石高はわずか一万石で、実質もそう変わらないと見られている。すでに隠居していて、深房というのは俳号である。

静山の仲間で、蘭癖の一人でもあった。

算術や舎蜜（化学のこと）にも強く、本所にある下屋敷では、おかしな実験をしては周囲に異臭をまきちらしたりする。

「死ぬ方法は？」

と、寒三郎は軽い調子で訊いた。

「そんなものは何でもよい」

松平深房は早くに隠居したのでまだ五十ほどである。元気で病死などは考えられない。死ねば、呪いが効いたと思っていいだろう。

「わかりました。十日ほど時間をもらえたら」

と、寒三郎はこともなげに言った。

十日ほどして――。

雙星彦馬が本所中之郷の平戸藩下屋敷にやって来ると、門から松浦静山が出てきたところだった。見覚えのある人物がいっしょである。


「おう、雙星どの」

目が合うと、向こうから声をかけてきた。

「これは、湯川さま……」

中津藩の用人、湯川太郎左衛門だった。

「雙星。湯川どのはくノ一の雅江の墓参りに来てくれたのじゃ。義理堅いお人よ」

静山がそう言うと、

「そんなことはござらぬ。ただ、懐かしさもあってな」

湯川は照れたように、長い顎をごしごしこすった。

「ちと、変わったおなごだったから」

「いや、なかなか面白いおなごでしたよ」

なんとなく微妙な会話である。

彦馬は、雅江という人が織江の母であったことは聞いている。一度、会ったこともある。その雅江の墓に中津藩の用人がお参りに来るというのも奇妙である。そもそも、静山がお庭番のくノ一を供養すること自体、おかしなことであろう。

――何か、わたしの知らないことが……。

ぼんやりとは想像がつく。自分と織江のあいだに起こったことが、二人にも起きたのではないか。

だとしたら、あの世で織江の母もくすぐったい思いをしているのではないか。

「じつは亡くなるすこし前に、雅江が突然、わたしの前に現われましてな」

と、湯川は言った。

「ほう」

「怪しげな行動をしてくれとわたしに頼んで行ったのです。それでわたしはちと神奈川のほうへ旅をしてきました。おそらく、こっちに引きつけておきたい者がいたのでしょう。たぶん、あの母娘（おやこ）が戦いたくなかった者だろうと思います」

「なるほど」

雅江の墓は、下屋敷のすぐ隣りの寺にある。小さな寺だが、参るのは楽である。それに、静山がいる離れとは、壁を越えれば至近距離にあたる。

墓に参った。自然石に名を彫っただけである。

湯川は花束を墓前に供えた。白い小さな花をいっぱいつけている。

「小さな墓でしてな」

静山が言うと、

「いや、風情のあるよい墓ですよ」

湯川は嬉しそうな顔をした。

二人が雅江の墓に手を合わせているあいだ、彦馬はふらりと周囲を歩いた。

――なんだ？

墓場の隅で、養子の雁二郎がぼんやり立っているではないか。もっともこの男は、たとえ断崖絶壁に立っていても、ぼんやりしているように見える。

「雁二郎ではないか」

「これは父上、何をなされておいでで？」

「お前こそ何を？」

「わたしは御前をお守りするように言われてまして」

「お前が？」

どういうわけか、雁二郎は静山に気に入られてしまったらしい。もしかしたら、こいつは〈すっぽんぽんのぽん〉や〈犬のぷるぷる〉などの馬鹿げた芸のおかげで出世したりするのだろうか。

「そう、御前から命じられたのです。もっとも御前は剣の達人ですから、わたしごときはいてもいなくても同じなのですが」

「いや、いないほうがましだろう」

彦馬は本気でそう言った。

「だいたい、護衛ならもっと近くにいなければ駄目だろう。こんなところで何をしている？」

「もちろん寸暇を惜しんで、芸の研究にいそしんでおります」

胸を張って答えたが、それは恥じるべきことではないのか。

「馬鹿な。墓場に芸の役に立つものなどあるわけないだろうが」

と、彦馬は呆れた。

「それが素人の浅はかさ」

「お前、玄人か」

思わずそう言った。

「それはともかく、いま、わたしが磨いているのは、〈お墓参りでうっかり屁〉という芸なのです」

「なんだ、そりゃ？」

「手を合わせようと、お墓の前でかがんだら、つい、ぷうと。よくあることでしょう？　厳粛な場で起きる人間臭い失敗こそ、笑いの原点、芸の宝庫であります。やって見せましょうか？」

「やるな、馬鹿」

慌てて止めた。

まもなく、静山が彦馬を呼んだ。

「湯川どのは、本日、驚くべき知らせを持ってきた」

と、眉をひそめた。よくない知らせだったらしい。

「これは、どこの家と明かすわけにはいかないのだが……わしのよき理解者がいてな」

「それは」

彦馬も頼もしい。静山の計画を実行するには、すこし仲間が足りない気がする。

「藩は小さいが、できるだけのことはしてくれると言っていた」

「言っていた？」

なぜ、過去になるのか。

「その御仁は昨夜、屋敷の中でこつじきのようなぼろぼろの恰好をして、殺されていたのだそうだ」

「その方はお大名ですね？」

「わしと同じ隠居、元藩主というやつさ」

「それがご自分のお屋敷で……？」

「さよう。湯川どのも首をかしげておる」

「ええ。何のために、そんな元藩主にあるまじき恰好をしなければならなかったのか。そして、誰に殺されたのか」

　と、湯川は言った。

「なんとしても明らかにしてやりたいのだが」

　と、静山が言ったとき、墓場に一陣の風が立った。供えたばかりの花が数本飛んだ。秋風にふさわしい唐突さだった。

二

　話のつづきは中屋敷にもどってからになった。

　むろん、静山の離れのほうでである。雁二郎はどこかに行ってしまい、三人だけの密談になった。

「ほかにも、奇怪な話がありましてな。深房どのは、もしかしたら自分は呪いをかけられているかもしれない——と、そう言っていたらしい」

と、湯川は言った。

「呪い？」

「雙星どのは信じますか？」

「さあ？　なぜ、そのような？」

「亡くなる十日ほど前から、夜中になるとどこかで藁人形に釘を打つ音が聞こえていたと」

「まさか、胸をおさえて苦しんで死んだ？」

それでは病死とは言えても、殺されたとはいちがいに言えない。

「死因は違うのですが、どこか似たところがあります。なにせ、心ノ臓を刀で一突きだった」

「それはまた……」

不思議どころか、ますます奇々怪々の事件ではないか。

「雙星、不思議だろう」

と、静山が言った。

「はい」

「わしも不謹慎だが、興味を持った。大事な友人だったので、死の謎は解き明かしてやりたい。どうだ、ちと思案してみてくれ」

「はあ……」

もちろん興味はある。

でも、現場も見ていないのだ。考えるにも材料が乏しすぎる。

「現場を見るのは難しいでしょう?」

と、湯川に訊いた。

「そうだな。しかも、すでにきれいにしてあるはず」

「名前も教えていただけない?」

「それもそうだな……」

と、湯川は静山とうなずき交わし、

「名は松平深房さま。一万石の元藩主だった」

一万石というのは、大名の格式を保たなければならないのに、実入りは少ないのでいちばん大変だとは聞いたことがある。

「では、いろいろ訊いてくれ。調べられそうなことは、わたしのほうでもなんとか調べてみる」

と、湯川が言った。

このあいだの勾玉もどきの話といい、なんだか歯がゆいような難問ばかりぶつけられている気がする。

「雙星ならまず、何を思う？」

と、静山が訊いた。

「はあ。すぐに思ったのは、屋敷に入って来たこつじきによって殺され、着ていたものを替えられたのではないかと」

と、彦馬は言った。じっさい、まずそんな光景が浮かんだのだ。

「なんと」

湯川が驚き、

「そうした者が入るのは難しかろう」

静山が腕組みをした。

たしかに、いくら一万石の屋敷とはいえ、ねずみ小僧ならまだしもこつじきが侵入するのは難しい。

「それが忍びの者だったら？」

と、彦馬が言った。

「忍びか」

静山と湯川が顔を見合わせる。

深房まで暗殺されるようでは、静山や湯川も安閑とはしていられない。

「だが、忍びの者が、着替えて出ていく理由があるでしょうか？」

と、彦馬が自説に疑問を呈した。

しばらく考えた。

「やっぱり本物のほうが着替える意味はありますね」

大名の豪華な衣装は、古着屋に持っていけば高くさばけるに決まっている。

「では、そなたはこつじきに殺されたと言うのだな？」

静山はせっかちに結論づけようとする。

「どこかでそうした者に恨みを買ったなんてことは？」

「それはちと」

「考えられませんな」

深房も静山などといっしょで、気軽に江戸の町に出ていたのだろう。だから、庶民とも触れ合ったし、こつじきとも話はともかく、すれ違うことはいくらもあったに違いない。

「だからといって、屋敷にまで乗り込んできて殺されるほどの」

静山がそう言うと、

「恨みを買うなんてことは考えられませんね」

湯川も賛成した。

「ならば、やはりご自分でそういう恰好をなさったのでしょう」

　と、彦馬は言った。

「自分でか？」

　静山は嫌な顔をして、自分の着物を見た。銀糸を織りこませた白い着物である。眩(まぶ)しいほどで、自分が汚らしい着物を着るなどということは、静山に限ってはありえない。

「ええ。こつじきが中に入るのは大変でも、それに扮した者が外に出て行くのは、中に協力者さえいれば、かんたんなことです」

「だが、なぜ、深房どのがそんな恰好を？」

「なりたかったから？」

「こつじきにか」

「あるいは、流浪の暮らしに憧(あこが)れたのか」

「ああ、そういう酔狂な心はわかるはな」

　静山が言うと、

「それはわたしにも」

　と、湯川も真面目な顔で言った。

「芭蕉(ばしょう)翁のようにな」

「浮雲のように」

ご老体二人が夢見るような目をした。

「あ、それはありうるのでは。雲水のようになって旅に出るところだった。だが、屋敷の者からしたら、こつじきにしか見えなかったというのは？」

「だが、旅支度ではなかったのだぞ」

と、湯川が言った。

「まったくですか？」

「じつは、それについてはわたしもよく確かめてくれるよう頼んでおいた。荷物もなければ供の者もいない。手形もない。江戸から一歩も出る準備はなかった」

「そうですか」

それはがっかりである。ここに謎を解く鍵がありそうな気がしたのだ。

「では、旅とまではいかなくても、どこかにそういう集まりがあるのではないでしょうか？」

「集まり？」

「ええ。ぼろぼろの衣装を着て集まり、いっしょにどこかへ行ったりもする。そういう仲間たちです」

「なるほど」

湯川はこの説には傾いたらしい。

「たしかに大名なんぞには、酔狂な人間は出やすい。なにせ、金と暇を持て余すから」

と、静山は自分のことは棚に上げて言った。

「そういえば、かつて松江藩に、松平南海という大名がおられた。あの方は、藩邸の中に化け物部屋をつくったり、素っ裸の茶会を催したりしたものです」

と、湯川は言った。

「だが、ただの遊びでな」

静山は首をかしげた。

「そんな恰好をねえ」

「違うよな、湯川どの？」

「わたしも違うと思います。あのお人は、酔狂な気持ちはあっても、根は生真面目でしたからな。遊びできびしい暮らしにある人たちの真似をするなどということは考えにくいですね」

「ううむ」

彦馬は唸った。推測はどれも打ち消されてしまう。

難問である。結論はそうかんたんには出そうもない。

松平深房の死の知らせは遅れた。

大目付筋がこれを最初に知り、その経由で桜田御用屋敷まで届いた。

お庭番としては――ましてや実質上の頭領となっている川村真一郎は、面白かろうはずがない。

「死んだ……」

川村は驚いた。

「病死ですか？」

「いや、なにぶんにも屋敷内で起きたことなので詳しくわからないのだが、直接にはどうも用人に刺し殺されたらしい」

と、大目付の使いは言った。

「なんと」

元藩主が用人に刺し殺された。むろんそんなことは正式に発表されるわけがない。

松平家のほうも病死として届けてきた。ただ、一部にはこうして洩れていく。

深房の藩は一万石と小藩ゆえに、とくにお庭番が詳しく調べていることはない。

内情はよくわからない。

それでも、こんなことはそうそう起きるものではない。ということは、寒三郎の呪いが達したのか。

川村は、寒三郎が入っている下忍の長屋に来た。

線香の匂いと祈りの声が漂っている。

「松平深房が死んだな」

と、後ろから声をかけた。

「そのようですな」

「わかったのか」

「一昨日の夜、炎に異変が」

「信じよう」

と、川村は言った。呪術の力を信じるしかない。これを織江にかければ、織江にも不慮の死が訪れる。

「だが、織江はなんとしても生かしたまま、ここにつれて来てもらいたい」

川村は念を押した。

三

松平深房の屋敷からだと、浅草も両国も近い。江戸の盛り場の双璧で、こういうところには当然、情けにすがってわずかな食い扶持を得ようという者も集まってくる。

浅草か、両国か、どちらかに出ようとしていたのではないか。

もしかしたら〈江戸こつじき事情〉というのも変だが、最近、何か変わった動きがあったりするのではないか。

どう変装しても所詮(しょせん)は元藩主である。品のよさのようなものが自然ににじみ出たのではないか。

そういう噂は、やはり町奉行所の同心が詳しかったりする。そこで、彦馬は友人の原田朔之助に訊(き)くことにした。

もちろん殺しうんぬんのことは伏せたままで原田に訊くと、

「ふうん。品のいいこつじきねえ。じゃあ、まずは盛り場に行ってみればいい。付き合ってやるよ」

「いいのか」

「当たり前だ。盛り場を回るのはおいらの仕事だぞ」

「いい仕事だな」

「面倒がなければな」

それはそうである。

最初に向かった両国では、そんな話は出ない。

浅草に行くと、原田の知り合いの岡っ引きが、「あ、そういえば……」と、すぐに二人を浅草寺の裏手に案内した。

「ほら、あそこに」

ぼろぼろの着物を羽織った男が三人、見世物小屋が建ち並ぶ裏のほうで、だらしなく座っている。よく見ると、たしかにどことなく品がよさそうである。

「あいつらに声はかけたか？」

原田が岡っ引きに訊いた。

「いえ。どうせ単なる成り立てでさあ」

同心の恰好の原田は、さりげなく近づくのは無理である。訊問などはまっぴらだろうから、近づけば逃げてしまう。彦馬ができるだけそばに寄り、じっくり眺めた。

ひとしきり観察したあと、彦馬は原田と別れ、本所の静山を訪ねた。

「浅草の奥山に品のいいこつじきたちがいたとな」

静山はすぐに興味を示した。

「深房さまは、あの連中といっしょになるはずだったのでは？」

直接、あの三人に訊いてみようかとも思ったが、口を閉ざされたらもう終わりである。訊くなら、いろんなことを明らかにしたあとで、最後の確認として訊きたい。

「もしかしたら、三人の中には御前のお知り合いもおられるのでは？」

可能なら、直接、確かめてもらうつもりである。

「いや、それはおそらくわしらとは違う仲間だな」

「違う仲間？」

「深房はあれで付き合いは広かった。わしらとは別に、遊びの仲間もいた」

「なるほど。遊び仲間ですか」

「だが、そのような恰好をしただけでは、とくに楽しくもないだろうな」

と、静山は首をかしげた。

「そんな恰好ゆえにできることがあるんじゃないでしょうか？」

「なんだ、それは？」

「奥山あたりにいても怪しまれない。つまり目立たない」

「ほう」

「誰かの後をつけてもばれない」

「なるほど」

「いや、怪しまれなくても嫌がられますね。ということは、やっぱり目立ってしまいますか」

「そうだな」

「これはどうでしょう。あれなら誰でも変装できる」

「変装か」

「物売りなどというのは、恰好だけそろえても、独特の雰囲気や、物売りの言い回しなどがあります。こつじきはそういう芸のようなものはいりません」

「そうだな。そうか、匂いもごまかせるな」

と、静山は言った。

「匂い？」

「饐えたような臭いの下に、じつは重要な匂いを隠しているというのは？」

「どういう状況でしょう？」

「みんなで吉原にくり出したのさ。ところが、白粉や紅の臭いがべったりついてしまう。だが、汚れきった恰好をすると、そういう色っぽい臭いはすべてごまかせるぞ。奥方や愛妾たちにもヤキモチを焼かれない」

いかにも静山らしい想像である。

「それはちょっと……」

あの連中は逆に臭いを感じさせなかったのである。おそらく着物は古いだけで、汚くはなかった。饐えた臭いもしなかっただろう。

「こもをかぶってじっとしていられるってのは、こつじきだけですね？」

と、彦馬は言った。そういえば、三人ともこもを抱えていた。

「それはあるな」

「浅草の奥山と言えば、やはり見世物でしょうか？」

「ああ、あのあたりは見世物、矢場、水茶屋とそんなものだらけだな」

「三人がいたのも、見世物小屋の裏手でした……」

静山に報告するうちに、だいぶ見えてきたものがある。このあたりは、静山が聞き上手だからだろう。

「では、明日、もう一度、行ってみます」


――どうしたんだろう？

織江は立ち止まった。本郷に向かう途中、神田川の橋を渡っているときである。

胸に痛みが走った。みぞおちのあたりである。

何か刺さったのか。そう考えるのはくノ一だからだろう。何も刺さってなどいない。身体の中の痛み。

欄干にもたれ、幾度か深呼吸をした。

いままでもなかったわけではない。飲みすぎた翌朝。刺身などの生ものをいっぱい食べたあと。そのときの痛みとも似ている。

だが、なぜか気になった。

大きく息をする。

——ん？

どこかで呪文を唱えるような声がした。周囲を見回す。道は混んでいて、大勢の人が織江のわきを通り過ぎていく。たとえ声が聞こえたにせよ、人を特定するのは難しい。

目をつむった。まぶたの裏に炎が見えた。

その向こうに男の影がある。拝んでいる。

山伏？　僧侶（そうりょ）？

男はひどい汗をかいている。真夏の池のようにぎらぎら輝いている。

気がつくと、織江もまた、手のひらにびっしょり汗をかいていた。

四

この日——。
彦馬は手習いを終えてから、浅草奥山へとやって来た。静山も来たがったが、すでに約束が入っていた。

ここらは彦馬も織江を探すのに何度も来ていて、よく知っている場所である。それでもつねに新しい小屋ができていたり、流行りものが生まれていたりして、いつ来ても同じわけではない。世の中の変化がいちばん表われやすい場所でもある。

まずはこつじきたちを眺める。

江戸は多い。

哀れな人たちもいるが、なかには楽しんでいるように見える人たちもいる。何ものにも束縛されず、気ままな日々を過ごす。

彦馬は彼らに対して違和感を覚えない。

けっして汚い着物を着ているわけでもないのだが、なにかだらしない感じがするのか、意地悪そうな娘に「雙星さんてこつじきみたい」などと言われたこともある。

例の三人は今日も来ていた。昨日と同じ場所にいる。やはり、そこにずっと座っていたいのだ。

近づいて、わきに座った。

とくに怪しげに見られたりもしない。

浪人したばかりでがっかりしているくらいに思われるのかもしれない。

やはり見世物小屋の裏手である。

小屋の男が、むしろをかきわけて、出たり入ったりする。むしろが上がるたび、三人のこつじきの目が輝く。

中が気になるのだ。

そこへ、若い男がやって来て、周囲を見回すと、こっそり中をのぞこうとした。

「何だ、この野郎」

怒鳴り声がして、若い男ははじき飛ばされた。

「何、しようとした？」

腕まくりをした男が現われた。目の回りが黒い油でも塗ったように光っていて、凶暴な感じがする。

「あ、あの、裏をちょっと……」

「おい、人さまの裏をのぞいて、ただですむと思うなよ」

「も、申し訳ありません」

「いいから、出せ」

と、小屋の男は手を出した。

若者はすっかりすくみ上がって、おとなしく巾着(きんちゃく)を差し出す。

小屋の男は中からいくつかつまみ出すと、

「二度と来るなよ」

と、叫んだ。

——これだ、これだ。

彦馬は立ち上がり、見世物小屋の正面に回った。

どうもからくり屋敷らしい。正面の看板に毒々しい絵が描いてある。光るタケノコの絵と、雲から突き出した竹の絵である。

何のことかわからない。

木戸銭を払って中に入った。

薄暗い。もっともこういうところは皆、暗い。しかも混雑している。もともと狭い小屋だが、客は押し合いへし合いしている。人気があるからくりらしい。

「さあ、始まるよ」

濁声（だみごえ）がして、前方の舞台に小さなろうそくの明かりが灯（とも）った。

いままで気づかなかったが、薄暗い舞台の真ん中にタケノコが生えていた。ろうそくの明かりだけでも、タケノコは単純なかたちなのでよくわかる。

そこへきれいな娘がきて、じょうろで水をやった。

「お前はかぐや姫か」

などと声がかかった。

しばらくは何の変化もない。

「なんだよ、それだけか」

「小便でもかけろよ」

　下品な野次も飛ぶ。

「お伸び」

　と、娘が叫んだ。

　すると、タケノコが伸びはじめたではないか。

「おおっ」

　客はどよめいた。

　タケノコは茶色い皮をみずから剝ぎ落とし、天に向かって伸びていく。

「天井を突き破る」

　と、娘が叫んだ途端、ばしぃーんと、本当に天井が突き破られたような凄い音がした。砕けた木っ端もばらばらと落ちてきた。

　娘も驚いてみせたし、客もその音と木っ端に思わず首をすくめた。

「まだまだ伸びる」

　娘は上を向いたまま、叫ぶように言った。

　タケノコはもう色艶ともに若竹になっていて、どんどん上に向かって伸びていく。

　いったいどこまで伸びるのか。

　客席は衝撃でざわついている。

「伸びすぎだよ」

と、娘が言うと、若竹はゆらりゆらりと揺れ出した。大きな揺れで、若竹が遥か空の上まで伸びていることが想像できる。

「小さくなって」

娘が命令するように言うと、今度は小さくなるではないか。どんどん小さくなり、ついには最初に出ていたタケノコの大きさへともどってしまったのである。

ここでまた、濁声がした。

「はい。終わりだよ。帰って、帰って」

「不思議なこともあるもんだなあ」

皆、首をかしげながら出る。どうなっているのか、想像できないのだ。

――ははあ。

彦馬はにやりとした。

三人はあの謎を裏にまわって解こうとしているのだった。

小屋の裏手に座り込んでいる三人のところに近づいて、

「まだ、わかりませんか？」

と、彦馬は言った。

「え？」

「伸びる竹の秘密を解き明かそうとしているのでしょう？」

「そなたもそうしたいのか？」

と、三人のうちの一人が嬉しそうに言った。

「ええ、まあ」

「難しいぞ。あの中で、のぞく者を見張っているのだ。むしろを開けようものなら
さんざん脅され、金を巻き上げられる。人の家の裏をのぞくほうが悪いから文句も
言えぬ。あいつら裏は裏でずいぶん儲かっているぞ」

「だが、わたしはもうわかりました」

「なんだと」

三人は顔を見合わせ、教えを乞うような目つきをした。

「あの竹は別に伸びたりしてませんよ」

彦馬は勿体ぶったりせず、すぐに謎解きに入った。

「え？」

「ここで見ていても、天井を突き破って出てきたりしないでしょう？」

「そうなんだ」

と、三人はいっせいにうなずいた。

「あれは、節に見えるものがぐるぐる回っているだけですよ。節を描いた緑の布がかぶせてあって、竹はおそらく上と下で輪をつくっているんです」

「輪を？」

「その輪を節目がぐるぐる回ると、竹が果てしなく天に向かって伸びているように見えるんです」

「そうだ。あそこで男が取っ手みたいなものを回すのはちらっと見えたんだ」

一人が言った。

「小さくなるときは逆に回すだけです」

逆に回ったとき、一瞬、節がたるんだようになったのを見逃さなかった。竹がたるむわけがない。それで見破ったのだった。

「だが、回るだけなら、タケノコの部分が何度も出てくるはずだろうが」

と、一人が疑問を呈した。

「それは一部が外すことができるようになっていて、タケノコの部分を取ったり付けたりしたり、左右にゆすったりできるのだと思います」

「そうか。だが、そなた、見世物を見ただけで解いたのではあるまい」

「先にこっちを見ていたので、逆に解きやすかったのだと思います」

謙遜（けんそん）ではない。天井から竹が出てこないとわかっていれば、考えかたは違ってくる。

「失礼ですが、松平深房さまのお知り合いで？」

と、三人に訊いた。

「うむ。そうか、そなたも深房の知り合いか」

「わたしは深房さまというより、松浦静山公の家来でして」

「おお、静山公のな」

「深房さまはお亡くなりになりましたよ」

と、彦馬は言った。

「そうなのだ」

三人ともうなずき、中の一人が神妙な顔で言った。

「だからこそ、なんとしてもこの謎を解き明かしたかったのさ。そういえば、深房どのはこの謎を解くと、静山公にも役立つだろうと言っていたぞ」

五

彦馬は本所中之郷の下屋敷にやって来た。解き明かしたことを、静山に報告するためである。

離れに向かう道で、この前の姫とすれ違った。

「そなたが雙星どのか？」

「はい」

間近に見たが、やはり美しい人だった。小ぶりの顔で、目にいたずらっぽい光を宿している。鼻筋はすっきりと整っているが、すこしだけ上を向いて、それは心のどこかに残る幼さを感じさせた。

肌の艶などを見れば、やはり十代の娘のような若さはないが、どこかに愛くるしさを残していた。口元のあたりは、なんとなく織江に似ている気もした。

「静湖じゃ」

「はい。お噂はうかがってました」

「あの勾玉のこと、ようわかりましたな」

「いえ、失礼いたしました」

「わが藩の藩士だそうじゃな？」

明らかにしないほうがいいのかという迷いもあったのである。

「ですが、すでに隠居をしていまして」

「その若さで？」

「いろいろありまして」

「では、江戸では何をして暮らしています？」

と、姫は訊いた。隠居をすれば家禄はいまのあるじに入る。江戸にいれば、食い扶持(ぶち)を稼がなければならないことは、姫もご存じらしい。

「手習いの師匠をしています。どうにか飯を食っていく程度には稼ぎもあるのです」

「手習いの師匠とな。面白そうじゃ」

「面白いです」

と、彦馬はうなずいた。

絶え間なく面倒ごとが起きる。面倒ごとが面白いわけではなく、予想外のできごとに驚かされ、刺激される。子どもというのは本当に面白い存在である。

「見に行ったりはできぬのか？」

「姫さまがですか？」

「迷惑をかけるようなことはせぬつもりだが」

「それは構いませぬが」

「手習い所はどこじゃ？」

「本郷の法深寺(ほうしんじ)という寺でやっております」

そうは言ったが、まさか来るわけはないと思っている。

「もう、わかっただと？」

静山は感心したというより、呆れたような顔で言った。

彦馬はからくりの見世物については、絵を描きながら説明した。

タケノコが若竹になり、どんどん伸びてさも天高くまで届いたように見せるからくりで、説明するとあらためてうまくできていると感心してしまう。

「なるほどのう。それは仕掛けをのぞきたくなるわな」

「三人もわたしの説明に納得していました」

「三人の身元は訊いたか？」

「いえ、そちらはあえて」

「そのほうがよかろう」

「これがわかれば、下手人はむしろかんたんです」

あのような恰好をして出て行くことをひどく嫌がった者が、犯行に及んだのだろう。

「うむ。じつは先ほど、それについて湯川どのから知らせが来た」

「屋敷の者でしょう？」

「そうだった。隠居のおこないを知った家老のしわざさ。深房の日々のふるまいを、藩の恥――と、元藩主をいさめたそうだ」

「藩の恥……」

「いまの藩主を守るためにしたことで、すでに切腹してしまっていた」

「そうでしたか」

「藩のためにやったのだろうが、浅慮というもの」

と、静山は悔しそうにつぶやき、

「だが、雙星、呪いのほうはどうなった？」

と、静山はさらに表情を硬くして訊いた。松平深房は亡くなる前に、呪われているかもしれないと言い、藁人形を釘で打つ音を聞いているのだ。

「それなのです。とりあえず、呪いというあやふやなものを持ち出さなくても、謎は解けてしまいました」

「たしかにそうだな。あるいは、呪いは殺した用人のほうに効いたのかもしれぬぞ」

「なるほど……呪いのことはわたしも気になります」

「そなた、信じているのか？」

からかう口調ではない。真摯な口調で静山は訊いた。

「わからないのです。ただ、わたしは目に見えるものがすべてというようには思っていません。現に、音だとか風なんていうのもたしかにあるのに目には見えません。太陽が輝き、月がめぐり、遠い星々の運行を眺めるだけでも、われわれはつくづく何も知らないのだと思います。だが、呪術（じゅじゅつ）のようなものも、そうした目には見えぬが本当にあるものの一つなのかは、まったくわかりません」

彦馬は正直に答えた。

「うむ。わしは若くてまだ、自分は何でもできると思っていたころ、武芸百般すべて名人の域まで達しようと夢見たものだった。その際、呪術といったものも身につけようとした。これは、逆に呪術をもはね返すために学んだと言ってもいい」

「ははあ」

面白そうな話になってきた。

「わしはその筋ではよく知られた呪術師に弟子入りした。その師匠は呪術の一環で自分は気をあやつることができるようになったと豪語していた」

「はい」

「師匠は手のひらから強い力を出すと言った。それは人を治癒させることもできれば、病にすることもできると」

「……」

似たような話は彦馬も聞いたことがあった。

その気に当たると、人は二間ほど後ろに吹っ飛ぶという。

「師匠はわかりやすくその力を見せるためと言って、手のひらが発する気でろうそくの火を消してくれた」

「消えたのですか？」

「揺らぎ、消えた。だが、わしはさりげなく、師匠が口からふっと息を吹きかけるところを見てしまった」

「サギじゃないですか」

と、彦馬は笑った。

「ところが、大事なのは、師匠は消したのは気の力だとまるで疑っていないことなのだ」

「疑っていない？　どういうことでしょう？　息で消したのでしょう？」

彦馬は首をかしげた。

「それ以上は言わないでおこう。わしもそのとき、これは安易な結論を出すのはやめようと思った」

「はあ」

「そういえば、以前、わしのもとに忍び込んだくノ一が、似たような技を仕掛けてきた」

「ああ、あのとき……」

織江かと思ったらそうではなかったというあの件だろう。

「ま、いろんな場面で似たようなことは起きる。気の力がじっさいにあったとしても、あまり怯えずともよかろう」

と、静山は言った。

「あ、そう言えば……」

あやうく忘れるところだった。

彦馬は深房の言葉を伝えた。

「わしの役に立つとな。なるほど。それはからくり幽霊船になるな」

「からくり幽霊船？」

「そう、その仕掛けを使わせてもらう」

「船でできますか？」

「できるさ。真っ昼間は無理でも、夜ならできる。帆柱が折れたことにして、竹で帆柱にするということでな。黒い帆を用意すれば、まずいところはうまく隠すこともできるぞ」

「なるほど」

このお方にかかると、小さかった話がいっきに拡大する。それが人間の大きさというものだろう。

「竹の帆柱が夜の空にどんどん伸びる。たまげるぞ」

「そりゃあ驚きます」

「深房の気持ち、いただいた」

と、静山は高らかに言った。

第三話　四匹の仔犬

呪術師寒三郎が、織江とすれ違った。悪い運命のようにすれ違った。

寒三郎は目をつむっている。

それでも杖もつかず、ふつうに歩いている。

目はわざとつむっているからだ。

この目が見開かれたとき、呪われる——それは、桜田御用屋敷の者なら皆、知っている。

だから、寒三郎とは目を合わせたがらない。

夕暮れどきの猫の目。真ん丸で、すこし光るという者もいる。誰もはっきりとは見ていないくせに、そういうことを囁かれている。

すれ違う瞬間に、寒三郎は目をカッと開けた。織江を睨みつけてやるつもりで。

——ん？

いない。どうしたのだ。

寒三郎は、急に広いところに飛び出してしまった小動物のように、すこし慌てた。

「うふふ」

後ろから声が風に乗ってきた。機嫌のいい含み笑いだった。

振り向くと織江はもう遠ざかっている。小太りの滑稽な後ろ姿が去っていく。

——なんだ、いまの笑いは。

寒三郎は耳に小指を差し込み、入ってしまった含み笑いを掻き出すようにした。

しかし、じつのところは、気持ちの悪いものではなかった。若い女の、そよ風のような含み笑い。蝶々の羽音のように軽やかで、押しつけがましくなかった。

それは何度でも繰り返し聞いてみたいものだった。

寒三郎は振り返った姿勢のまま、織江の後ろ姿を懐かしい景色のように、しばし眺めつづけていた。

織江は、呪術師寒三郎とすれ違った。浮かれたいたずら者のようにすれ違った。

眼を病んでいるのか、寒三郎は目を閉じていた。

いちばん接近したとき、寒三郎の目が開く気配があった。開いた目からは、嫌なものが現われる予感がした。

嫌なものというのは、たとえば——潜入のためにたらしこんだ門番のだらしない口元、若い侍が「内密にな」と言いながら金を握らせるときの手つき、照れてもいないのに照れて見せた自分の目つき……。

——見たくない……。

すばやく歩く速度を上げ、通り過ぎた。

目は合わせずにすんだ。

嫌なものとはまともに目を合わせないほうが、少なくとも気持ちは穏やかでいられる。

さて、手練手管の始まり、始まり。

寒三郎が呪術なら、あたしは心術で対抗してやる。くノ一をなめるなよ。

「うふふ」

織江は笑みをこぼした。含み笑いを楽しげに。

何よりも笑みが、いちばん先に心に届くことは知っていた。心術の基本中の基本。

これが効いてくれるといい。

でも、一度じゃ駄目。何度も、繰り返す。

呪いに立ち向かう微笑み。エンドウ豆が春風で転がるように、うふふ……。

一

手習いの子どもの千吉がこの二日休んでいた。彦馬は心配になった。

一昨日までは元気にしていたのだ。子どもたちに訊いても、誰もわからない。

昼休みに急いでにぎり飯を食べ終えると、千吉のようすをのぞいてみることにした。

千吉の家は、本郷通りをちょっと奥に入ったところである。〈よろず屋〉と看板が出ている。家業は、損料屋をしているのだ。

　損料屋というのは、江戸に出てきて知った商売である。田舎にもあるのかもしれないが、少なくとも平戸にはなかったと思う。

店にはいろんなものが置いてある。品物の種類はとりとめがない。暮らしの品から趣味の品まで、なんでもある。ただ、上等なものはあまりない。売るのではない。これはみんな、貸すのである。

裃と刀が目立っている。浪人者が仕官の売り込みに行くときにでも借りるのか。

布団は客が来たときだろう。

皿や茶碗も客用に違いない。

そんな品物を眺めながら、奥に声をかけた。

「ごめん」

「おや、たしか法深寺の先生だね」

出てきた店のあるじは、釜でも磨いていたらしく、底がきれいになった釜を持ち、真っ黒い顔をしていた。母親のほうは、髪結いの仕事で出ていることが多いとは、千吉からも聞いていた。

「千吉のようすを見に来たんです」

「そいつはどうも。なんだか急に腹が痛いとぬかしましてね」

「下しましたか？」

「どっちかって言うと、詰まっちまったみてえで」

見舞うのに上がらせてもらった。

千吉は店のすぐわきの部屋で横になっていた。眠っていたが、目を覚まし、小さくこっくりした。たしかに具合は悪そうで、手習いのときのふざけた表情はちらとも見えない。

「まだ痛いか」

と、彦馬は訊いた。

「うん」

腹を押してみた。ちょっと下腹が硬い。ゆっくりさすってやる。医術の心得などまったくないが、これくらいの手当ては自分でもやってきた。千吉の腹がごろごろと動き出すのがわかる。

「それは湯冷ましか？」

と、枕元の湯呑(ゆの)みを指差した。

「うん、そうだよ」

「もっと飲んでみろ」

二杯ほど飲ませてから、また下腹をさすってやる。

まもなく、千吉は急に立ち上がって、厠(かわや)に駆け込んで行った。

千吉が厠に行っているあいだ、彦馬は店の奥のほうにある品物を眺めた。商売物か、この家の道具なのか、よくわからないものもある。

「ずいぶん、いろいろあるんですね」

と、千吉の父親に声をかけた。

「使えねえものもあるからね」

と、父親は煙草を吹かしながら苦笑する。

「使えないものを借りてどうするんですか」

「あっしもよくわからないんだが、見栄で飾ったりするやつは多いみてえだ」

「見栄で？」

「女が家に遊びに来たりしたときにね」

「なるほどね」

「あるいは想像もできない使い方をする人もいるよ。例えば、そこに穴の開いた小ぶりの鍋があるだろ？」

「ええ」

火のない火鉢に空の鍋が載せてあるが、取っ手の下あたりに半寸大の穴が開いている。ここからこぼれない程度の煮炊きをするのか、それとも鋳物屋が買っていき、修理してあらたに売ったりでもするのか。

おそらくこうした商売は、頭が柔軟でないとやっていけないのだろう。

「それは、近くのヤクザがいまから殴りこみで頭にかぶるからと借りていったんだよ」

「へえ」

その使われようには鍋も驚いたことだろう。

「だから、こんなものでもというのも、たいがい何度かは借りて行くやつがいるんだ」

「その石も？」

と、土間の隅の、子どもの頭ほどの石を指差した。

「それは、うちの稼ぎ頭だよ」

「これが？」

「漬物石なんだ。たくあんを漬けるころは必ず借りに来るよ」

そういえば、江戸は石が少ないと聞いたことがあった。平戸あたりは外に出れば石なんかごろごろしていたが、江戸ではあまり見かけない。石垣の石などもすべて他国から運んできたという。だから、こういう商いも成り立つのだろう。

「まさか、そっちは違うだろ？」

彦馬は、こっちに寄ってきた小さなものを指差した。

「違わないんです。これも貸しますぜ」

真っ黒い犬である。よちよち歩きではないが、まだ仔犬（こいぬ）の面影はたっぷり残っている。生後三ヶ月といったところか。彦馬と目が合うと、

「わん」

と、かわいい声で鳴いた。

二

まだ彦馬がいるときだった。その黒い仔犬を借りに来た少年がいた。短い着物に屋号のしるしが入った前かけをしている。商家の小僧らしい。

「やっぱり、おいらも借ります」

と、いとおしそうに仔犬を抱きあげた。

「ああ、じゃあ、つけとくよ」

千吉の父親は大福帳ではなく、犬と書いた帳面を開いて、

「くろ一」

と、書いた。その前には、

「ぶち丅」

とあるところを見ると、黒い仔犬は今日初めて貸し出され、ぶちはすでに二度目のご奉公にでも出たのだろうか。

「では、また」

小僧が行こうとするのに、

「もどしはいつもの刻限かね?」

と、千吉の父親は訊いた。

「たぶん」

「四匹ともかな。餌のつごうもあるんでね」

「今晩は泊まりはないと思いますよ」

仔犬を抱いて、帰って行った。素直そうな小僧だった。

「あの小僧さんは、いつも黒い犬なんですか？」

と、彦馬は訊いた。

「そうですよ」

「決まってるんですか？」

「四人の小僧さんに、四匹の犬ですよ」

「四匹も借りたりするんですか？」

「変な話でしょ？」

「わざわざ借りるくらいなら、飼えばいいじゃないですか」

「そうですよね。でも、飼うのは駄目みたいなんです」

「あるじが可愛がったりしてるんでしょう？」

「それが、そんなふうでもないらしいですよ」

「皆、黒い仔犬？」

「いいえ、ほかは白と、茶と、ぶちとバラバラです」

「それを日によって、借りたり、返したり？」

「そうなんです。ま、あっしは商売ですので、ありがたいことで」

「いくらで貸すんですか？」

「一匹十五文です。同じ日で二回目以降は、十文にまけてますが」

十五文といえば、屋台のそば一杯程度の金だが、それでも四匹を毎日、出し入れしていたら、勿体（もったい）ない金額になる。

「けっこうな額ですねえ」

「そりゃあ餌代もかかりますし、四匹を事故のないよう元気に飼っておくというのは大変なことですからね」

「事故のないよう、元気にね」

「そこはくれぐれも念を押されてます。途中で別の犬になったら困ると」

よくわからない話である。

それすなわち、彦馬にとっては興味津々の話ということになる。

「いつから？」

「このふた月ほどです」

かなり長い。犬の借り代もかなりの額になっているのではないか。

「わからねえんです、それが。食う気かなと思ったんですが、いつまでも食う気配もないですしね」

と、これは冗談らしく、自分で言って笑った。

「どこの小僧さんですか？」

「裏の夢屋(ゆめや)さんとこの小僧さんです」

「夢屋？」

法深寺と長屋を行き来するときは途中でわきに入るので、大通りでもここらはあまり通らない。

「大きな店です。玩具(おもちゃ)をつくったり、卸したりしています」

「玩具というと、独楽(こま)とか凧(たこ)とか？」

「そういう安いものだけじゃありません。鯉のぼりだの、雛(ひな)人形だのもやってますよ」

「そこが借りに来るんですか？」

「ええ」

「なんのために？」

「なんか、悪事でもからんでいたりしないでしょうね」

と、彦馬は訊いた。

「そんなことはないでしょうが」

そうは言っても、この世というところは何が隠れているかわからない。犬四匹の陰に、静山暗殺の野望が秘められていても、不思議ではない。

犬四匹でどんな悪事ができるのか、すばやく考えてみた。

誰かに嚙みつく訓練をさせている？

何かを盗ませ、四匹を交互に使って、凄い速さで届けさせる？

いろいろ考えられる。やっぱり、油断はできないのだ。

「じゃあ、千吉、無理するなよ」

そろそろ昼休みも終わりである。声をかけ、もどることにした。

「もう一日くらい休ませてから行かせるかもしれません」

と、父親は言った。

彦馬は帰りにその店のほうを回ってみた。

間口は十間ほどあるだろう。

玩具を売るといっても、子どもの客はあまり見当たらない。客は、商品を買い付けに来る町の玩具屋や行商の者が多いらしい。

风呂敷を背中にたくさん背負った男が、店から出て行った。

新しい商品を店頭に並べているところで、手代の一人が、

「若旦那（わかだんな）、こんなところでどうでしょう？」

と、隣りにいた男に訊いた。

「うん、いいね、いいね」

と軽い調子で答えたのは、まさに若旦那である。つるっとした感じのいい男。お洒落（しゃれ）で、飄々（ひょうひょう）としている。

「ほら、猫、どいた、どいた」

店先にいた野良猫を足で乱暴に追い払った。

その若旦那、外の通りに出てくると、空を見上げて、おかしな手つきをした。宙にあるものをかきあつめるようなしぐさである。

それからぱんぱんと手を叩（たた）いた。これはふつうの柏手（かしわで）である。

「よし、今日もいいぞ」

自分に言い聞かせるように言った。

やはり、ちょっと変わっているかもしれない。

もっとも彦馬は、他人のことは言えた義理ではない。藩でいちばんの変わり者と言われつづけてきた。

大きな店で、働いている者もきびきびして活気がある。悪事にからむような店とは思えなかった。

お城の中奥に勤める鳥居耀蔵は、まだ雅江の墓に通っていた。もうここには来ないという川村との約束を破っている。知れたら、あいつは怒るだろうし、それよりもわたしを馬鹿にすることだろう。それでも、こればかりはやめられない。

ただし、昼間は来ない。夜になってからそっと訪れる。

今宵も提灯を下げて細道寺にやって来た。表の門は閉じられており、裏手に回って低い生垣を越えた。

この前、雅江の墓には花が供えられていた。見た当座はそうでもなかったが、家にもどったあと、その花がやけに気になった。

耀蔵が捧げたいと思う花とはまるで違っていた。

耀蔵はいつも、できるだけ派手で鮮やかな花を供える。しかし、そちらは地味な花だった。小さな白い花。名前も知らない。そこらの道端に咲いていても、誰一人目もくれないだろう。

——雅江さまの好みは、本当はそっちなのか？

好みを知っている男が供えたもののような気がした。

激しい嫉妬心がこみ上げてきた。胃がきりきりっと痛んだ。あまりの痛みに墓のわきにうずくまって耐えた。

だが、しばらくじっとしていると、気持ちの中によみがえってくる力を感じた。

耀蔵は落ち込むのも早いが、立ち直るのも早い。子どものころから、あいつの落ち込みは芝居ではないかと、兄や叔父たちからも言われたりした。

――なあに、さすがの雅江さまも、自分にもっとも似合う花がわからなかったのだ……。

と、耀蔵はそんなふうに思った。

あの菩薩に、白くて小さな花など似合わない。

「雅江さまは、これですよ」

と言いながら、持参した風呂敷包みをほどいた。

中から出てきたのは奇妙なものだった。火鉢にも似たかたちの甕。ここまで背負ってくるのは大変だった。いまも腰が痛い。帰りには揉み治療に寄っていくことになるだろう。

この甕を墓の前に置くと、まず寺の井戸のところに行き、水を汲んで中に入れた。一度ではいっぱいにならず、四度、往復した。

水が満ちた甕の中に、耀蔵は別に取り出した紙の束のようなものを入れた。それは、小さな池のような甕の中で、さあっと開いた。

水中花だった。水中花があでやかに、夜の底で咲いた。

巨大な花である。職人に頼み込み、呆れながらつくってもらった。直径一尺を超える、赤と黄と青が混じり合った花である。

「毒々しくありませんかね？」

と、職人は訊いた。

「これでいい」

耀蔵はきっぱりと言ったものである。

やはり、これでよかったと思う。吉原で喩えれば、まぎれもなく太夫。それが夜の底で咲き誇ると神々しささえにじみ出る。まさに、菩薩の花ではないか。

だが、何か寂しい気もする。もうすこし何か欲しい。

――そうだ、この中で金魚を泳がそう。

巨大な水中花が揺れるわきを、きれいな金魚が泳ぎまわる。雅江さまがあの世で見ている光景はそんなものではないか、と耀蔵は思った。

三

千右衛門に頼まれ、静山の屋敷に使いをした。その際、静山のところで損料屋の犬の話をした。

すぐに興味を持ち、

「静湖はまだこの屋敷にいるか？」

と、お付きの者に訊いた。

さきほど庭で見かけたという。すぐに呼んでくるよう命じた。

「あれは生きものが好きでな。こういう話にはとくに興味を示すに違いない」

静山はすこし言い訳するように言った。姫のことを気づかっているのだろう。

まもなく下駄(げた)の音がして、華やかな姫さまが現われた。

「静湖、雙星は初めてか？」

と、静山が姫に訊いた。

「いいえ、この前、そっちでご挨拶(あいさつ)を」

「面白い話があるのさ」

静山にうながされ、また同じ話をした。

「まあ、四匹の仔犬(こいぬ)を？」

静山の予想どおり、すぐに興味を示した。

「はい」

「入れ替わりで借りたり返したり？」

「だいたい店が開いてから、閉めるまでのあいだ、四匹全部が損料屋にいるということはほとんどないそうです」

「まあ」

「犬の色によって、借りにくる小僧さんも決まっています。どうも、配達などで外に出かけるとき、犬を借りていき、もどると店に返しにくるようです」

「犬は狆(ちん)ですか？」

狆は、金持ち連中に人気がある愛玩犬(あいがんけん)である。

「いえ、ふつうにそこらにいる犬の仔です」

「それなら、野良犬だっていっぱいいるでしょうに。それを捕まえてくればいいじゃないですか？」

「そうですよね」

「でも、それはしないで、わざわざお金を払って借りている……。ま、たいしたお金じゃないでしょうが」

この姫さまは、なかなかはっきりしている。

「父上、面白いですね」

と、静山のほうを見て言った。

「面白いのう」

「まさか、悪事はからみますまい」

「わからぬぞ」

静山は脅すように言った。

「ますます面白そう」

「そなたというやつは」

「行ってみたい」

「では、雙星に頼んでみよ」

静山と静湖姫が、彦馬を見た。

静山の親心をひしひしと感じる。おそらく、姫の気鬱を心配しているのだろう。気晴らしをさせてやりたいのだ。

「御前さえよろしければ」

と、彦馬はうなずいた。

「まあ、嬉しい」

姫の声がはずんだ。

雙星彦馬は、早い枯れ葉が道端に舞いはじめた本郷の町へ、姫さまを連れて行くことになった。

途中にある神田明神あたりは屋台の店も出てにぎわっていた。猥雑な気配も漂い、大名のお姫さまがうろうろするようなところではない。松浦家でなかったら、しかもお歳がまだ十以上若かったら、彦馬も連れてくるようなことはできなかっただろう。

姫は、小袖に着替えている。赤い色が入った、いくらか派手な感じがする柄で、よく似合っている。歩きかたもしっかりして、なおかつ彦馬を追い越そうというほどに速い。

姫のお付きの者である三十くらいの武士もいっしょだが、遠慮するように二間ほど後ろをついてきていた。

「ここらは、滅多に来られないでしょう？」

と、彦馬は訊いた。神田明神の門前である。

「いいえ、しょっちゅう」

「そうなのですか」

姫がそんなに出歩くものかと思ったが、なんせ静山の娘である。いささか突飛なところがあるのはどうしようもないだろう。

「そこの天野屋じゃいつも甘酒を」

と、門前の店を指差した。

すると、店先にいたお茶くみの娘が、静湖姫に気づいて気軽に手など振ったではないか。大名家の姫であることは知っているのかどうか。どちらにせよ、この姫さまがざっくばらんな性格であることは間違いない。

神田明神を通り過ぎ、しばらく行ってから、

「ここです」

と、看板を指差した。

「あら、夢屋の話だったんですか？」

「ご存じですか？」

「ここの若旦那とは一度、会ったことが」

「そうですか」

「お琴の集まりがあるのですが、といっても、お茶を飲んだり話したり、気楽なお楽しみ会みたいなものです。そこに挨拶にきて、新しい遊戯盤を考えたが、面白いかどうか、意見を求められたんです」

「遊戯盤？」

「将棋とか囲碁みたいに遊ぶものですが、南蛮の雰囲気や遊び方も取り入れたのだそうです。駒のかたちはお供えの餅みたいに丸いもので、かわいらしくできてました。でも、新しいものはうまくいかないところもあって、大変みたいです」

「それかな？」

と、彦馬は手を叩いた。

「それって何?」

「仔犬の遊戯盤です」

「面白そう。できたら買うわ」

「犬好きですか?」

「ええ。犬だけじゃなく、猫も、鳥も。雙星さんも?」

「わたしは猫を飼っています。オスの三毛猫を」

「嘘言っちゃ駄目。三毛猫にオスはいないわ」

姫はきっぱりと言った。生きもののことは詳しいらしい。

「そう言われているみたいですね。でも、何万匹に一匹の割合で生まれてくるんです。嘘じゃありません」

「まあ、そうなの」

話が逸れた。おしゃべり好きの人と話すと、どうしてもこうなる。

「でも、四匹の仔犬を使う遊戯って何でしょう?」

と、彦馬は腕組みをした。

「想像もつかない」

「遊戯だったら勝ち負けもつけるのでしょうし」

「ほんとに」

「やっぱり、難しいかな」

「わざわざ借りたり、もどしたりする必要もないですしね」

と、姫も納得した。

「あの、若旦那、ちょっと変わった人でしょう？」

と、彦馬は言った。

「そうね」

「この前は妙なしぐさをしているのを見かけました」

「どんなふうに？」

「頭の上で手をひらひらさせて、何かをかきあつめるようなしぐさです」

「ああ、それって、この前もしてました。なんでも、お陽さまの力を身体に集めるんだそうです」

「ふうん」

「信心深いというか、迷信深いというか、そんなところもあるみたいですよ」

と、姫が言った。

立ち話になったが、損料屋の〈よろず屋〉はここのすぐ裏である。

「あ、今日はぶちがいますね」

と、店の土間を指差した。

「まあ、かわいい」

姫は仔犬を抱き上げ、頬ずりした。犬も喜んで、姫の顔を舐めたりするが、姫はまったく嫌がらない。

「別に弱ってもいませんね」

姫が言うと、千吉の父親は、

「ちゃんと食わせてますから」

と、自慢した。

静湖姫は損料屋の店内をざっと見回して、

「面白いお店ですねえ」

と、目を輝かせた。

「ありがとうございます。そんなふうに言われたのは初めてだ」

千吉の父親は照れた。

「損料屋って、売るんじゃなく、貸すんですよね？」

静湖姫は訊いた。巷のこともよく知っている。

「ええ、まあ。でも、売ってくれと言われたら、もちろん売りますがね」

「ああ、それがいちばん儲かるわね。何度も貸したあげくにさばくことができたら」

「どうも、お嬢さまは商いもよくご存じのようで」

苦笑いするしかない。

「それにしても、犬だけでなく、使い道がわからないものもいっぱいあるのね」

と、姫は仔犬を撫でながら言った。

「それの使い道、わかります？」

と、彦馬は例の穴が開いた鍋を指差した。

「穴の開いた鍋……防具に使ったりして」

「当たりました」

かなり鋭い。静山はそんなところも可愛いのだろう。

と、そこへ――。

「これ、もどしておきます」

夢屋の小僧がやって来た。白い仔犬を抱えている。

静湖姫はそのシロも抱きながら、

「訊いちゃったら、雙星さんはつまらない？」

と、彦馬に訊いた。小僧にこの犬の謎を尋ねようというのだろう。

「いいえ、どうぞ」

手っ取り早くわかれば、それに越したことはない。なにせ彦馬はやるべきことが山積みである。

「ねえ、どうして色の違う仔犬をとっかえひっかえ借りていくの？」

と、小僧に訊いた。

「わからないんです。若旦那に言われてやっていることなので」

小僧は困った顔で答えた。

「想像してみないの？」

「だって、うちの若旦那は頭のいい人ですから、おいらたちにはとても思いつかないようなことを考えますからね」

小僧は自慢げに言って、帰って行った。

「さて、そろそろ屋敷にもどるわ」

姫は店の外に出た。

陽はだいぶ西に傾いている。道が赤く染まっている。

「雙星どの。また、来てもいいですか？」

と、訊ねられ、

「そりゃあ、もちろん」

断われるわけがない。

「わらわも屋敷にもどったら、よく考えてみます」

「わたしももっと調べておきます」

「では」

姫は帰って行った。今日は本所にはもどらず、もともと住まいになっている向こう柳原の上屋敷にもどるとのことだった。

川村真一郎は急いで浦賀沖へ来ていた。

いまにも消えてしまいそうな、おかしな船を発見した。江戸湾に浮かんでいた船ではないのか——という連絡が入ったのだ。

ここまでお船手組の船に同乗して来た。

「あれです」

以前、佃島の近くで船に乗り込んだ田島謙三郎という若い武士が指差した。

「まさにあの船です」

「うむ」

下につけ、見上げた。外海の航海も可能な大きな船である。こっちの船もこの前よりだいぶ大きな船だが、横づけしても向こうがまだ、ずいぶん高い。

天気がいいせいで、この前より船のようすがはっきりと見える。あまりにも風や波にさらされつづけたせいだろう。船全体が白っぽく、かすれたように見える。

帆柱もなければ舳先も欠け、いろんなものが削ぎ落とされて、全体がなんとなく丸みを帯びて見えた。

縄ばしごを投げて、鉤を手すりにかける。ぐっと引くと、木っ端が飛び散り、鉤は下に落ちてきた。木がかなり腐っているのだ。

場所をずらして同じことをするが、また失敗する。

川村は、小さな杭のような道具を二本出した。苦無と呼ばれる忍びの道具である。武器になったり、工具になったり、さまざまな使い方をする。

これを両手に持つと、船の胴体に打ちつけるようにしながら、腕の力だけで攀じ登っていく。

「凄い……」

見上げていたお船手組の若い武士たちも驚いた。

たちまち上に到達した川村は、甲板に立った。だいぶ沖なので、かもめもおらず、船はひたすら大きく揺れている。ぎしぎしとひどい音がして、いつ、ばらばらになっても不思議ではない。

一部は屋根があり、船室になっている。おもに乗組員が寝起きする部屋として使っていたのではないか。そちらへ向かった。

入るとすぐに、白く丸いものが見えた。髑髏である。すでにお船手組から報告を受けていた。

川村はそばに寄り、手に取った。本物のようである。頭が三つ。だが、頭しかない。胴体はどこに行ったのか。

周囲をつぶさに見た。

――もともと死体はなかったのだ。

頭だけ持ち込み、ここへ置いたのではないか。

次に、川村は船底のほうに降りた。

――あれか。

底に転がっていた。

一つだけである。

大きさは一尺ほどか。大きな丸と小さな丸をくっつけたようなかたち。大きな丸のほうには黒い穴らしきものが開いている。

遠目には何かの卵のようにも見える。大きな動物、たとえばクジラの卵と言われたら、信じるかもしれない。

肘枕(ひじまくら)で寝ていた男がふいにごろりとこっちを向いたみたいに、その丸いものが、動いた。

――うわっ。

さすがに驚いた。思わず、一歩、後ろに下がり、誰にも見られていなかったかと、あたりをうかがった。

──生きてるのか。

だが、生きている感じはしない。こういうかたちである。船が波に揺られるたび、自然に動くに違いない。

川村は触ってみた。ふよふよする。

持ってみた。軽い。

次に、ひっくり返した。縫い目が見えた。

外は皮である。なめした皮を裏返しにしてこんなかたちに縫いつけたのだ。

短刀で縫い目を切った。中には皮を紐状にしたものが、丸められたかたちで詰まっていた。これがあるから、この奇妙なかたちをずっと保っていられたのだろう。大方、恐怖に取りつかれて、ろくろく眺めもしなかったのだろう。

お船手組の若い武士には、これがおたまじゃくしとか赤ん坊に見えたらしい。

だが、このかたちに見覚えがある。宵闇順平が盗んできて、いまは呪術師寒三郎が織江を呪うための道具としているもの。

たしか、勾玉といった。

──勾玉……。

脳裏にひらめくものがあった。周囲をゆっくり見回す。どこかにお化け屋敷を装ったような、ふざけた気配がある。

――いかにも静山臭い……。

と、川村は思った。

このころになって、ようやくお船手組の連中が上がってきた。

「あ、それです、それ」

「なんじゃ、それは」

「き、斬ったのですか?」

年配と若いのとで、興奮したようにしゃべりだした。

川村は騒ぎを無視し、

「この船を曳(ひ)いて帰るぞ」

と、言った。

四

翌日――。

手習いを終えたあと、彦馬は夢屋の前で静湖姫を待っていた。法深寺に姫のお付きの者が来て、待ち合わせの場所と刻限を決めていったのだ。

だが、当の姫はなかなか来ない。

「なぁんだとぉ」

彦馬の立っている近くで、ふいに大声がした。

見ると、筋肉の発達した若い男が、酒に酔ったみたいでふらふらしている。

「いきなり割れたんだぞ」

と、酔っ払いが言った。

「そんなわけは」

「おれが嘘ついてるってえのか。見ろよ、これを」

差し出したのはサイコロである。

「どうやって割れたんですか？」

「どんぶりで転がしたら割れたんだよ。おかげでおれはイカサマを疑われ、ひでえ目に遭った。どうしてくれるんだよ」

どうやら、この夢屋で買っていったサイコロが、使っている途中で急に割れたというのが言い分らしい。

「でも……これは？」

そのサイコロをじっと見ていた手代が、おずおずと何か言いたそうにした。

「なんだよ」

「これって、削った跡がありますよね？」

「なんだと」

男が手代の胸ぐらを摑(つか)んだ。周囲から悲鳴が上がった。

そのとき、若旦那(わかだんな)が飛び出して来て、

「よせ、おい」

と、男を止めようとした。

「なぁんだ、てめえ」

男はいきなり若旦那の顔を殴った。こぶしは目のあたりに当たって、若旦那は地面にひっくり返った。

そこをさらに胸のあたりを蹴(け)った。

「やめろ」

見かねて、彦馬も飛び出した。

「ん？ さんぴんか？ 刀も差してねえんじゃな」

男は彦馬を見て、馬鹿にしたように笑った。

「もう、よせ。おとなしくしろ」

できるだけ穏やかに言った。興奮させても、何もいいことはない。番屋に人を呼

びに行っている。もう、穏便にはすみそうもない。

「なんだと、この野郎」

今度は彦馬に殴りかかってきた。これを左手で払うように受けた。するとすぐに、男は足を振り上げた。彦馬の腹を蹴ってきたのだ。ふらつくわりには動きはいい。ふだん身体を使う仕事をしているのだろう。

だが、彦馬の身体も自然に動いた。

出してきた男の手首を摑みながら、身体を斜めにし、男の蹴りをかわしつつ、すこしかがんだ。肩のあたりに相手を抱えるようにし、ひねりながら撥ね上げた。

静山直伝の一本背負い。

見事に決まった。男は大きく宙を飛んで、腰から落ちた。

息がつまったらしく、悶絶している。

「若旦那は大丈夫か？」

倒れている若旦那を見た。

手代が数人で店に運びこもうとしている。

「まだ、動かすな」

と、彦馬は言った。

「でも、こんな路上で」

手代が不満そうにすると、

「怪我した人間をすぐに動かすとまずいことがある。医者は呼んだのだろう？」

「はい」

「自分で立てるならまだしも、ふらつくようなら、医者が来るのを待て」

彦馬は強く言った。こういうことは、平戸のお船手組にいるとき何度も経験していた。

若旦那は、仰向(あおむ)けになって鼻血を出しながら、

「仔犬(こいぬ)を見てきてくれ」

と、手代に頼んだ。

「はいっ」

手代は店の中に駆け込んでいく。

「まあ、こんなときでも犬の心配をするなんて、よっぽど犬が好きなのね」

後ろで声がした。

振り向くと、静湖姫がいつの間にかそばに来ていた。

「犬が好き？」

彦馬は何か違う気がした。

横になっている若旦那の着物をじいっと見た。

犬好きなら、着物のどこかに犬の毛がくっついている。それが見当たらない。

——そういえば……。

この前は、猫を蹴るように追い払っていた。

犬好き、猫好きと言われる。まるで、どっちかが好きだと、どっちかは必ず嫌うみたいに。

そんなことはない。現に、彦馬はどっちも好きである。織江もそうだった。

だから、猫にあんな態度を取るということは、この若旦那は別に犬が好きなわけではない。

手代がもどってきた。

「どうだった？」

「黒とぶちでした」

「やっぱり黒とぶちか」

若旦那は懐から帳面を取り出すと、静山も愛用している鉛筆で、何か書きつけた。

「何のために、犬の出し入れなんぞ調べるんです？」

と、彦馬は訊いた。

「いくら助けてくれた恩人でも、これは言えませんね。商売上の大事な秘密ですので」

若旦那は痛みをこらえながら言った。

「では、当てたら？」

「当てたら？」

若旦那は呆(あき)れた顔をした。

「当てるのはいいですか？」

「当てられっこない。だから、当てたのだったら、どうしようもないでしょう」

若旦那は横になったまま、うなずいた。

そこへ、手代が走ってきた。

「いま、お医者も来ます」

「誰が来る？」

と、若旦那は訊いた。

「寿庵(じゅあん)先生が」

「寿庵先生がいたかい？」

「ちょうど、手が空いていて、すぐに駆けつけてくれると」

「それはついている」

と、若旦那は顔をしかめながらも喜んだ。どうやら、近所で評判の名医というやつらしい。

「滅多につかまらない先生ですから」

「寿庵先生が来たら、また、犬を見てきておくれ」

そう言うと、うっと呻（うめ）いて胸のあたりを押さえ、気を失った。

五

夢屋の斜め向かいに水茶屋があったので、静湖姫もいっしょにそこで一刻（いっとき）（二時間）ほど店のようすを眺めた。医者はさほど長くはおらず、明るい顔で出て行った。

「大丈夫じゃ。たいしたことはない」

番頭にそう言う声も聞こえた。

それから、さっきの手代が、彦馬がここにいるのを見つけて挨拶（あいさつ）に来た。

「あるじを助けていただいて」

「なあに、そんなことは。それより、若旦那が気にしていた犬のことなんだがね。どんなところにいるのか、見せてもらうわけにはいかないかな？」

彦馬は駄目でもともとと頼んでみた。すると、

「そんなことはかまわないと思います。店の裏手になりますが」

と、案内してくれたではないか。

静湖姫もしらばくれてついてくる。

ちょっと横を入ってすぐのところに、犬たちはいた。

田の字形に四つに区切られた窓際の檻に、仔犬たちはおさまっていた。それほど狭くはなく、中には毬などの遊び道具や水なども置いてあり、かわいそうな感じもない。

「入る場所は決まっているのかい?」

と、彦馬は手代に訊いた。

「とくには。適当に空いてるところに入れているみたいです」

すこしのあいだ、四つの檻を眺め、

「やっぱり……」

彦馬はうなずいた。

「やっぱり?」

静湖姫が訊いた。

「ええ、わかりましたよ」

「まあ」

若旦那のようすを訊くと、もう落ち着いたという。

「見舞いにうかがいたいんだがね」

と、彦馬が頼むと、手代は若旦那の意向を訊いてきて、

「お会いするそうです」

奥に通してくれた。

若旦那は横になって休んでいたが、静湖姫を見ると、

「これは松浦さまの姫さま」

驚いて起き上がろうとするのを、

「よいよい、そんなことは。それより具合はどうです？」

ふたたび寝かせつけながら姫は訊いた。

「ええ、もう大丈夫です。寿庵という先生は名医で、たいした怪我ではないと太鼓判を押してくれましたから」

たしかに、いま起き上がろうとした身体の動きを見ても、どこか骨が折れているなどということはなさそうである。

話をしても大丈夫そうなので、

「例の仔犬の件ですが、わかりましたよ」

と、彦馬は言った。

「あっはっは。わかった気がしただけですよ。言ってごらんなさい。外れてるから」

「じつは、申し訳ないが、仔犬がいるところだけはのぞかせてもらいましたよ」

「あんなもの、いくら見られても平気です。現に、あれを毎日見ている手代や小僧たちも、さっぱりわかっていないのですから」

若旦那は自信たっぷりに言った。

彦馬たちにもお茶が出された。彦馬はそのお茶をゆっくり一口すすり、

「仔犬占い」

と、言った。

「え？」

「商品としてどんなかたちになるのかはわかりません。でも、仔犬の絵柄の揃い方によって、運勢を占う、そういうものをつくろうとしているのではないでしょうか」

「なんと」

若旦那は呆れた顔で彦馬を見た。

「当たりましたか？」

「当たりました。だが、なぜわかったんです？」

「何か出目みたいなものを確かめているのかなとは思ったんです。夢屋さんではサイコロを売ったりもするので、そういうことには関連も深い。小僧さん四人と、四

四の仔犬。小僧さんが出かけるときは、決まった犬を借りてきて、あの檻に入れておくんですよね。それで、小僧さんたちの、その日あったいことと悪いことと、犬の揃い方との関係を確かめたのでしょう？」

「はい」

「若旦那もそうで、暴漢に殴られたとき、名医が運よく駆けつけてくれたとき、そのつど犬の揃い方を確かめた。これらのことを考えたら、どの犬とどの犬の組み合わせが、縁起がいいだの悪いだのというのを調べて、占いとして完成させようとしているのだとしか思えないじゃないですか」

「まいったな」

と、若旦那は手のひらを額に当て、

「わかる人がいるとは思わなかった……」

「若旦那の努力に比べたら、当てるのは難しくないですよ」

「娘たちに喜ばれる占いの道具を売り出そうと思いついたんですが、でたらめのものは売りたくない。根拠のあるものにしたいと、そう思ったんです。それなら、徹底的に調べて、自分でも信じられるものにしようと」

「運勢はわかりますか？」

と、彦馬は訊いた。何か人智の及ばぬ大きな運命を感じることはあるが、そこらで占われていることの信憑性については首をかしげたくなる。

「わかりますとも。この世にはそういう法則があるんですから」

若旦那は自信たっぷりにうなずいた。


この日――。

織江は朝から嫌なものばかり見ていた。目を開けて最初に見たのは、枕元で死んでいるゴキブリだった。家を出たときは、近所に住む大店の上品なお嬢さんが、手鼻を飛ばすところを見、上野の山下に来ると、よちよち歩きの赤ちゃんがどぶに転がり落ちるところを目撃してしまった。たいした怪我はなさそうだったが、身体が傾くところがいつまでも目に残った。こういう日もあるのだと、自分に言い聞かせていた。

そして、明神下の道を来たときには、彦馬が女の人を伴って歩いてくるところとすれ違った。楽しそうに話す声も聞こえた。

「よく、おわかりになりましたね」

女の人は尊敬をにじませた声で言った。

「なあに、そんなに難しくも」

彦馬の声が上擦っているように思えた。

織江は表情一つ変えず、農作業のために牛小屋のわきを抜けていくような顔で通り過ぎた。だが、胸はひどく高鳴った。

──きれいな人だった……。

誰だろう。初めて見る人である。

振袖（ふりそで）ではなかった。だが、どこかに華やかなものが匂った。じっさい、高そうな香料の匂いもした。

──姫さまのよう……。

もしかして、松浦家の姫？

雙星の家というのは、彦馬は気にもとめていなかったが、松浦の家中では由緒ある家柄ではなかったか。だとしたら、彦馬が選ばれたとしても──。

心が乱れた。息が苦しい。

無意識のうちに、帯のあいだから例の不思議なかたちをした玉を取り出した。

たぶん呪術（じゅじゅつ）の道具。だが、織江はこれに奇妙な愛着めいたものも感じ始めている。

おそらくはこれに込められてきた願い。祈り。赤ちゃんが激しく泣きつくしたあとに、やさしげな眠りにつくように、この玉も呪いの力から祈りの力へと変わるときがあるのではないか。

それとも──。

わたしはますます呪術にからめ捕られるのか。

六

「よう、だいぶよくなったみたいだな」

手習いに出てきた千吉に、彦馬は声をかけた。

結局、一日多く休んだが、腹の調子はすっかりよくなったらしい。

「あ、先生。おとうがよくお礼を言っておけって」

「なあに、礼などいらないよ」

千吉はさっそく仲間とふざけはじめている。

彦馬はそんな千吉のようすを見ながら、

「おい、千吉、お前、何か変なもの、食っただろ？」

と、声をかけた。

千吉は一瞬、ぎょっとしたような顔をしたが、

「変なものって？」

とぼけた顔で訊き返した。

「小僧が持ってくる犬の餌」

「うっ」

「やっぱりな」

「あんまりうまそうだったからだよ」

あの檻のわきにもそれは置いてあった。肉を干したやつ。じっさい、中には思わず齧ってみたくなるほど、いい匂いのものもある。

千吉はたまらず食べたが、食いつけないので腹が痛くなったのだろう。そのことは家族にも言うに言われず、不安な思いもしていたはずである。

――まったく子どもってやつは……。

何をしでかすか、わからない。だからこそ、凝縮された人生のように面白い。


さらに数日後――。

彦馬がたまたま夢屋の前を通ると、

「あ、この前の手習いの先生」

中からちょうど若旦那が出てきたところだった。

「怪我はどうです」

「まったく大丈夫。それより、例の占いですが、完成しましたよ」

「へえ」

「占ってあげますよ」

「わたしは、その手の話はほとんど信じていないのですが」

万が一、人智を超えた法則のようなものがあるとしても、それを手軽にもてあそぶようなやり方は感心できない。もっとも遊びなのだと思えば、それでもかまわないのだが。

「まあ、そう言わずに、試しだと思って」

店の中に引き込まれた。

「これです」

と、見せてくれたのは、四枚の札である。それぞれに黒、ぶち、茶、白のかわいい仔犬の絵が描かれている。よくできた愛らしい絵で、仔犬がいまにも「わん」と吠えそうである。

「それをこの四つの枠に置きたいように置いてください」

「こうですね」

彦馬は右上に黒、右下にぶち、左上に茶、左下に白の絵を置いた。

「次に、この札から一枚抜いてください」

重ねた札から言われるままに一枚を抜いた。それは、四つの枠のうち、右上と左下がふさがれていた。

それを上に置く。右下のぶちと、左上の茶が二匹見えている。

「ううん、おかしいな」

「どうしたんですか？」

「変な占いが出た。この江戸でこんなものは出るはずないんだが」

「なんですか？」

いくらか不安になって訊いた。

「いえね、有名な人物二人があなたの運命を左右すると出たんですよ」

「ほう」

「しかも、その有名な人というのは……異人？」

「異人？」

そんなものは誰も知らない。ましてや有名な異人？　お釈迦(しゃか)さまか、いえっさんか？

「ちょっと方角を見てみますか？」

「ええ」

もう一度、同じようなことをした。

今度は下の二枚、白とぶちが見えた。

「変だなあ」

「そんなにめずらしい組み合わせですか？」

「ええ」

若旦那は自分でつくった手帖を取り出し、何度も照らし合わせたあげく、

「今度は、枠に置かなくていいから、四枚の札のうち、一枚だけ選んでもらえますか？」

「では……」

と、彦馬は黒を選んだ。

「ああ、そうか……」

「わかりましたか？」

彦馬は身を乗り出して訊いた。つい、引き込まれてしまったらしい。

「一人は国境の南に」

と、若旦那は言った。

「国境の南？」

国境の南とはどこだろう？　もし、それが平戸藩のことなら、国境の南には……

長崎？

「もう一人は……え？」

「なんです？」

若旦那は顔を上げ、ぼんやりした口調で言った。

「波の彼方(かなた)……」

第四話　赤いイチョウ

一

朝、雙星彦馬が法深寺の手習いに向かっていると、通り道にあるイチョウの木が、真っ赤に紅葉していた。

——え？

目を疑った。イチョウは黄色く黄葉するが、赤くはならない。現にこのところは黄色く染まり出していたはずである。それがいまや真っ赤である。

その目立つことといったら……。

手習いの子どもたちも足を止めて、呆然（ぼうぜん）と上を眺めている。

「なんだ、こりゃ？」

と、彦馬が言うと、

「すごいでしょ、先生」

おゆうが答えた。

「昨日は、こんなことになってなかったよな」

「なってないですよ」

「ほんとの紅葉じゃないな」

「うん。色を塗ったみたい」

あいだに塀があるので、一枚むしってみるということはできない。

「なんだ、なんだ」

向こうから大声を上げて走ってくる男がいる。

町奉行所の同心——原田朔之助だった。小者を二人、引き連れている。近くの番屋の者が、奉行所にこの異変を通報したらしい。

「どいた、どいた。邪魔だぞ」

野次馬の町人や子どもたちをかきわけた。

「あ、雙星じゃないか。なんだ、これは？」

「わたしもわからないんだ。手習いに向かう途中で、行き合ってしまっただけだ」

「ふん。この家のイチョウだな」

と、原田は塀の中を指差し、

「住んでいるのは武士か？」

と、訊いた。

「さあ。門はそっちだが、武士の家じゃなさそうだぞ」

門構えで、身分や格式はほとんどわかる。だが、特別な抱え屋敷だったり、隠居家だったりすると、判断がつけにくい場合もすくなくない。

原田は小者とともに中に入っていった。

どことなく寂れた感じがあるので空き家かとも思ったが、声がしている。誰かしら住んでいるらしい。

「さて……」

と、彦馬はひとりごとをつぶやいた。

もうすぐ手習いが始まる頃合いである。

ふつうの師匠なら、「ほら、寺に入れ」とうながし、ぐずぐずしている子は怒ったりするだろう。

だが、彦馬はこれも立派な勉強ではないかと思った。

人は人生でさまざまな事態に遭遇する。そのとき、いろんなことを考えたり、試したりして、その場を乗り切ったり、あるいは後日の参考にしたりする。いまだって、そういう機会の一つではないか。こんなに面白そうなことに遭遇したのに、手習いのほうが大事と机に座らせることは、勿体ないのではないか。

現に、子どもたちは興味津々といった顔で、なりゆきを見守っている。

「よし、今日の最初の授業は、ここの見学だ」

と、彦馬は子どもたちに言った。

「やったぁ」

「そのかわり、往来の通行のさまたげになったり、町方のお役人の調べの邪魔になったりするのはまずい。こっちに寄れ。ここに並んで見物しよう」

彦馬は、子どもたちを路地をちょっと入った寺の塀ぎわに並ばせ、いっしょに向かいのイチョウの木を見上げた。ここからでもよく見える。

子どもたちはそれを見上げながら、好き勝手に話を始めた。

「それにしても目立つよな」

「凄(すご)いよ」

「でも、上のほうは黄色いぜ」

「ほんとだ」

真下と違って、ここからだと上のほうまで見えるのだ。

「あそこまでは上れなかったんだよ」

「でも、あそこまで上っただけでも凄いよ」

「うん。年寄りには絶対できねえな」

「何でこんなことしたんだろう」

子どもたちが考えはじめた。

彦馬はしめしめとほくそ笑む。これこそが期待したことである。余計な口ははさまず、しばらく聞いていることにした。

「いたずらに決まってるだろ」

「いたずら？」

「あっと驚かせて喜んでるのさ」

「そりゃあ、面白そうだよな」

「いたずらだ」

「でも、待てよ。いたずらってえのはさ、見つかったら叱られるだけだろ」

寅吉（とらきち）という、手習いに来ている中では最年長の子が言った。

「そりゃそうさ」

「見つからずにやるのが面白いんだ」

「うん」

「でも、これはやったやつがこの家の者だってのは見え見えだよな」

「そりゃそうだ。よそのやつがこの中に入り込み、人ん家（ち）のイチョウを真っ赤に塗るなんてこたぁできねえ」

「ということは、いたずらじゃねえ。もっと深いわけがあるんだ」

と、寅吉は大人っぽい思案顔で言った。

「そうじゃねえかもしれねえよ」

と、升三(しょうぞう)が口をはさんだ。

「なんでだよ」

「よそのやつが入り込み、この家の者を殺したり、縛ったりしてから、イチョウを真っ赤に塗るってこともあるだろ」

「ほんとだ」

「じゃあ、あれは血か」

「怖い」

「やめてよ」

女の子たちが騒ぎ出した。

「ちょっと待って。そこに原田さまがいる」

と、おゆうが指差した。

塀の下の隙間から、雪駄(せった)と紺の足袋(たび)が見えていた。原田のものである。イチョウの木の下で、何か調べているのだ。

「あたし、それだけは聞いてみるよ」

塀の下から声をかけた。子どもでなければ、こういうことはできない。

「原田さま」

「なんでえ、おゆうか。いま、忙しいんだ」

原田はこれまで何度か事件に関わりあったことで、おゆうとは顔なじみである。

「一つだけ教えて。この家で、誰か殺されたり、縛られたりしてた？」

「そんなことはねえから安心しな。いま、この家の、これをやった人に話を聞いてるところなんだ」

「ありがと」

やりとりは全部聞こえた。

二

「やっぱりこの家の人だ。いたずらだったら、原田さまにみっちり油を絞られるぞ」

「だから、いたずらのわけはねえって言っただろ。怒られるのはわかってて、大人がそんなことするか？」

と、寅吉がすこし偉そうに言った。

「大人だって馬鹿だらけだぜ」

「ほんとだよな」

「おいら、なんでこんな馬鹿にくだらねえ説教されなくちゃならねえんだって、しょっちゅう思うぜ」

「おいらも」

「あたしもだよ」

なかなか鋭い意見だが、ちょっと横道に逸(そ)れている。

「いたずらじゃないとすると、なにかしら目的はあったんだ」

と、ふだんはおとなしい冬吉(ふゆきち)が言った。

「なんだろう？」

「これって目立つよね。目立つってことが狙いなんだ」

「どういう意味だよ？」

「考えられるのは、まずなにかの合図だってことだよ。前に、そっちの家の山茶花(さざんか)が、白いのだけむしられたことがあっただろ」

「あった、あった」

「あれって、芝居の中身を伝えるための合図だった」

「これも、そうか」

「ずいぶん遠くからも見えるもんな」

「決めつけちゃ駄目だよ」

「合図じゃないとしたら逆。ほかに隠したいものがある。そこから目を逸らさせるため、こっちを目立たせたってこともある」

それまで黙って話を聞いていたおゆうが言った。

「なるほど」

「凄い、おゆうちゃん」

この推理は、子どもたちの支持を得たらしい。

「じゃあ、そっちのほうに怪しいのがあるかも。見てみようぜ」

子どもたちが動き出そうとしたが、

「おい、待て。まだ、野次馬がいっぱい来てるから、通行の邪魔だ。それをするならあとにしろ」

と、彦馬は止めた。

「おい、この道は街道筋だぞ」

良助（りょうすけ）がぽつりと言った。皮肉屋で人をからかうのが得意な子である。

「ああ」

「いろんな人も通るよな」

「もちろんだ」

「誰を狙ったんだろう？　目立たせるにせよ、目を逸らさせるにせよ、目的にした人はあるはずだ」

「大名行列かな」

「げっ、そりゃあまずいよ。そんなものの悪事に気づいたりしたら、おれたちはすぐ始末されるぞ」

良助は自分で言って、怯（おび）えた顔をした。

「始末って？」

「殺されて川に捨てられるってことだよ」

良助の言葉に皆は、「げっ」とか「やだよ、おれ」などと言いながら、すがるような目で彦馬を見た。

「変なこと言っちゃ駄目だよ。皆、考えようとしなくなるでしょ」

おゆうがたしなめた。

と、そこへ――。

同心の原田が門から外へ出てきた。

野次馬たちを一通り見回すと、ゆっくりした足取りで彦馬のところにやって来た。

皆に注目されているのを、充分に意識している足取りである。

「終わったのか？」

と、彦馬は訊いた。

「まだだよ。いままで答えたことに嘘はないか、ざっと確かめているのさ。嘘がないとわかれば、これで終わるだろうな。こんなことにいつまでもかかずらっていられるほど奉行所は暇じゃねえ」

「ほう」

奉行所は暇じゃなくとも、一人ずつにはかなり暇があるような気がする。

「ただし、今日はおいらの頭はやけに働いた」

「へえ」

「この働きが戯作のほうに出てくれるといいんだが」

「戯作かい」

それは筋違いというものだろう。

「あとからやって来た与力が、そなたがそこまで理詰めの考え方ができるとは思っていなかった、たいしたもんだと絶賛だった」

と、胸を張って、

「ただ、おぬしの発想術をすこし盗んだかもしれぬ」

「どういうことだ？」

「これって目立つだろ。目立つことをしたのには理由があると考えたのさ。つまり、これは何かの合図か、逆に何かから目を逸らさせるためにやったんだろうと」

「なるほど」

子どもたちでもすでにそこには気がついている。その先があるのかと期待したが、どうやらそこで終わりらしい。

「おぬしのお株を奪ってすまぬ」

「はあ」

「与力もその考えを絶賛した。ただ、真実はちょっと外れたところにあった」

「うん。真実ってのは、だいたいそういうものなんだ」

と、彦馬もつねづねそう思ってきたことを言った。

「ここに住んでるのは絵師でな。紙に描くのが何となく物足りなくなって、じっさいの光景の色を変えたくなったんだと」

「ほう」

「どうも、あの手の連中はよくわからねえ」

「でも、戯作者だって同じだろ」

世間の人は突飛なことはつつしむが、絵師だの戯作者だのは突飛なことを逆によしとする。

「戯作者なんかといっしょにして欲しくねえみてえだ。戯作の挿絵なんざ描かねえんだと。あんなものは本物の絵師はやらねえそうだ」

「それで風景に直接、絵を描いたってことか」

どうもよくわからない。戯作者といっしょにするなと威張るような絵師というのも胡散臭い感じがする。

原田と彦馬のやりとりを聞いていた子どもたちが、この答えにはがっかりしたらしく、

「なんだ、それ」

「わけがわからねえよ」

「つまんねえの」

と、ひとしきり文句を言った。

「あ、訊問も終わったみたいだ。どうやら、辻褄も合ったらしいや」

与力が笑いながら外へ出てくるのを見て、原田はもどっていった。

町方の者たちを見送るように、門の中から当の絵師が外へ出てきた。髷も髭も真っ白な男である。

「あんな爺さんが木の上まで上ったのか」

と、子どもたちから驚きの声も出た。

当の絵師は、通りからイチョウを見上げ、

「うむ。いいではないか」

と、疲れた声で言った。

徹夜仕事がだいぶ応(こた)えたらしかった。

呪術師(じゆじゆつ)寒三郎は、妻恋神社の屋根の上にいた。このあたりではいちばん高い場所である。

織江は昼近くになってから、妻恋坂を陸(おか)に上がったなまこのようにのったりのったり上ってくる。小太りの体形はおそらく偽装だろう。

顔も雅江とはまるで似ていない。変装はしているが、顔立ちそのものもあまり似ていないのだろう。

ほぼ毎日、このあたりにやって来る。

――こんなところで何をしているのだ……。

その目的はまだ特定できていない。

誰かと会っているようすもない。

どこから来るのかもわからない。何度か尾行はしたが、まんまとまかれてしまった。

ふと、思い当たることがあった。

——まさか、逆におびき出し、おれたちを抹殺しようとでも……。

相撲の大関が序の口との対戦を組まされたように、鼻でせせら笑った。勝負になるわけがない。

だが、そうとしか考えられない。

「あの小娘が、寒三郎の呪術に怯えていないだと……」

怒りがこみ上げた。

この三十数年のあいだ、磨き上げた術。

それは闇の力なのだ。この世の表面に見える、花が咲き草木がなびく穏やかな光景。だが、一枚、皮をめくれば、この世はおどろおどろしい闇の上に乗っかっているにすぎない。

呪術はその力を取り出して、相手に背負わせるのである。当然、そうした力は自分にも作用する。それを使って、動き、走り、跳び、武器を使う。人の力とは思えない技量を発揮することができる……。

寒三郎は呪術を学ぶことにしたころを思い出していた。

とある藩に潜入したとき、凄まじい忍者に追われた。ぴたりと後ろに張りつかれて、その追跡から逃げられなくなったのだ。国境を出るまでその追跡はつづいた。

もしかしたら、猫がネズミをいたぶるように、からかわれたのか。

あのときの屈辱が寒三郎にあらたな術を学ぶのを決意させたのだった。体術を極めるとともに、それとは次元の違う秘術を身につけたい……。

最初、これを呪術と呼ぶことも知らなかった。

あるとき、市に紛れ込んだ。見ていると、流行る店と流行らない店がある。流行らない店のあるじはぼんやり外を眺めるだけ。流行る店のおやじは、通りを眺め、何か念のようなものを発している。それは自分では気づいていないのかもしれないが、何かが発せられているのだけはわかった。

――あれも術か。

寒三郎は市に座ることにした。自分で採ってきたキノコや山菜を並べる。

通りを歩く人に念を送る。

「買え、買え」

やがて、すこしずつ売れるようになった。それが、ここにいつも座るようになったからなのか、念が届きはじめたからなのか。その判断は難しかった。

買わなかった客のあとをつけて、呪うこともした。

「ひどいことが起きろ、怪我をしろ、死ね」

たいがい何も起きはしない。ところが、十人めくらいだったか。呪いながら後ろを歩いていると、いきなり道のわきに立てかけてあった竹束が、その男の頭上に崩れてきたのだった。

男は下敷きになった。

竹だから死ぬまでには至らなかったが、それでもひどい怪我で、当分は働いたりもできそうになかった。

ただ、このときは、それまでと事情が違っていた。すなわち、男は自分があとをつけられているのに気づいていたのである。というより、寒三郎がそれを気づかせていたのだ。

――呪われているのを知ったほうが、効果も大きい。

それを知ったことで、寒三郎の呪術はぐんぐん凄みを増していった。

いまや、寒三郎が呪って、まるで効果がなかったという者は皆無と言っていいだろう。不慮の死、大怪我、あるいは乱心。そのいずれかに襲われた。

織江もまもなくである。

そう思ったとき、

「うふふ」

後ろで声がした。機嫌のいい含み笑いだった。

「えっ」

あわてて振り向いた。誰もいない。江戸の町に秋風が吹き、遅いトンボがさまようように行き来している。

錯覚でもあったか。そんなはずがない。まぎれもなく、人が発した声だった。

寒三郎は、神社の屋根の端まで行った。

——これは！

星のかたちをした手裏剣が一つ、置いてあった。

さっきまでここにいたのか。

——まさか。

織江に気づかれ、しかも背後に張りつかれていただなんて……。

寒三郎はぞっとするほどの恐怖にとらわれていた。

三

昼休みに入ってからである。

「先生。あそこの絵師だけどさ、おいら違うと思うぜ」

と、彦馬の机のところに来たのは、損料屋のせがれの千吉だった。

「違うって何が？」

「絵師なんかじゃないと思う」

「なんで？」

「あの人、うちで筆と頭巾と袖なし羽織を借りてったんだぜ」

「え」

「まだ、おいらが腹痛くして寝てるときだよ。ちらっと見ただけだけど、あの白い髭を思い出したんだ。絵師が借りるか、おれんとこで筆を？」

「ほんとだな」

彦馬はうなずいた。

絵師だという話が嘘なら、じっさいの光景の色を変えるうんぬんの話も嘘になる。やはり、別の目的を秘めているのだ。誰にも言えないような……。

原田に教えてやらなければならない。

イチョウの家の前を走って通り過ぎる。ちらりと門のわきを見ると、中の男と目が合った。男は怪訝そうに彦馬を見つめ返した。

――見てはいけなかったかもしれない……。

そう思いつつ走る。

原田は、いま時分はどこにいるのか。定町回りというのは一日中、江戸の町を回っている。番屋に声をかけ、異変がないかを確かめる。後ろを追いかけたら、一日中、自分も江戸の町を歩き回る羽目になる。

だが、原田は朝のうちから一働きしている。自分の働きに満足もしている。そんなに必死で歩き回っているわけがない。

――千右衛門のところだ……。

千右衛門は忙しくて相手ができなくても、店の前に座って手代や女中たちと軽口を叩いていられる。原田は図々しいように見えて、意外になじみの場所に居つく男なのだ。

佐久間町の西海屋に向かった。

案の定である。出してもらった茶をすすり、顔なじみの手代と笑顔でしゃべっていた。

「おい、原田」

「なんだ、雙星じゃねえか」

「あのイチョウの木の住人は、絵師なんかじゃないぞ」

「なんだと」

「騙されたんだ」

と、彦馬は千吉が見たことを伝えた。

「ほんとだ。だが、それにしちゃあ本物じゃないと言えないようなことも言ってたなあ」

原田は首をかしげた。

「それはあとだ。早く行こう」

「おう」

原田とともに、さっきの家にもどった。

門を叩くが返事はない。押すと開いた。

玄関から声をかけるが返事はない。人けもない。

原田は裏に回った。彦馬もついていく。

敷地は百坪ほどだが、建坪はそう大きくない。庭に面したほうは戸も開け放たれていて、人影は見えない。

「家族はいたのか？」

と、彦馬が原田に訊いた。

「娘が一人な」

そんな気配もない。

「くそっ、逃げたのか」

原田は呻いた。

「しまった……」

彦馬も思い当たることがあった。

さっき、彦馬と目が合ったとき、あいつも何かを感じたのではないか。正体がばれたと勘づいたのではないか。

「あいつ、いったい何のために……」

と、原田はつぶやいた。

本当に、イチョウを赤く塗ったのは、いったいなんだったのだろう……。

こうして慌てて逃げるということは、やはりこの裏に大きな悪事がひそんでいたのではないか。

「みゃお」

猫の声がした。野良猫が三匹。餌をねだりに来たらしい。

だが、ここの住人はもういない。野良猫たちは新しい餌の提供者を探し回らなければならない。

彦馬は飢えた猫のことを思うと、どうしても胸がきゅうんとなる。

ところが――。

猫の餌のことは、それほど心配する必要はなかったかもしれない。

この家の隣りが料亭だったのである。それなら残飯も出るだろう。

こっち側の境目だけは、板塀ではなく、低い生垣になっている。仲居らしい女が、ちょうど残飯を持って出てきたところだった。

「あ、どうも」

と、女は原田に頭を下げた。もちろん町方の同心とわかってのことである。

「ああ」

「さっき、ここの家の人が慌てて飛び出していきましたよ」

「そうみたいだな」

「絵師だったんですってね」

「あ、ん」

原田は彦馬を見た。

外からも下絵のような絵が置いてあるのが見える。下手な絵ではないと思える。だが、絵師ではなかった。

女はまだ立っている。

猫たちが食べ終わるのを待っているだけではない。何か話したいことがあるのだ。

「なんか変わったことがありましたか?」

と、彦馬は訊いた。

「変わったことというより、似てたなあと思いましてね」

「似てた？」

「あたしはここの仲居なんですが、ちっと、ここじゃ」

仲居は後ろをはばかるようにした。

原田はうなずいて、

「ここらに話のできるところは？」

と、訊いた。

「表通りに〈本郷さらしな〉ってそば屋があります。そこの二階に」

原田と彦馬より一足遅れてやって来た仲居がそば屋の二階に座るとすぐ、

「誰が似てるって？」

と、原田はあらためて訊いた。

「じつは、三月ほど前でしょうか、うちの料亭に家族三人連れが客で来たんです。神田の須田町で絵の具や染料を売っている店の主人ということでした。ところが、五歳くらいの女の子が、うちで夕食を食べたあとで、急に吐いたりしだし、翌日には亡くなってしまったんです」

と、仲居は言った。

「そんなことが……」

「両親はここの食べたもので食あたりを起こしたんだと騒ぎました」

「そりゃそうだろう」

「でも、ほかには誰も食あたりなど起こしていない。いいがかりはやめてくれと、こっちの旦那(だんな)も居直ってしまいました」

「あんたはどう思うんだ？」

と、原田が訊いた。

「あたしは何も言えませんよ」

と、うつむいた。

仲居もやはり自分の店を疑っているのだろう。

「そりゃあそうだよな。わかった。そっちはあんたの名前は出さずに、別に調べることにしよう。それで、その家族とあの贋(にせ)絵師たちが似てたっていうんだな」

「はい」

仲居はうなずいた。いちおうざるそばを注文したが、仲居のは手つかずのままである。

「だが、あれは夫婦じゃねえ。親子だぜ」

「それなんですよ。あの絵師、頭も髭(ひげ)も真っ白でしたでしょ。あの夫婦はもっと若かったんです。旦那も三十ちょっとくらい。だから、それはおかしいなと」

「親じゃなく、祖父かな」

と、原田は言った。

「いや、その当人なんだよ」

彦馬がわきから言った。

「当人？」

「そう、若いんだ。だって、あんなイチョウの上のほうまで上って、絵の具塗ったりできたんだぜ」

「あ、そうだな」

「凄(すさ)まじくつらいことがあると、一晩で髪が真っ白になったりするというよな。あいつもそれだったんじゃないか。だから、女も娘ではなく、奥さんだった」

「なるほど……」

いったんうなずいた原田だったが、ふと顔を強(こわ)ばらせ、

「だが、そういう夫婦が身分までいつわって、わざわざ隣りの家に住んだ。ということはだぞ……」

「ああ、復讐(ふくしゅう)するつもりだったのさ」

と、彦馬は言った。

四

彦馬はいったん手習いにもどらなければならない。

子どもたちもなりゆきは気になるだろうが、悲惨な話が明らかになってきた。あわてて説明する必要はないだろう。

手習いが終わるまで、原田は神田須田町の絵の具や染料の店というのを当たってくるということだった。

絵の具などを売る店なら絵師とも付き合いがある。絵師を装い、いかにもそれらしいことを言っていたのは、そんな知識があったからだろう。

手習いを終え、子どもたちを送り出したとき、原田がもどってきた。

「摑んだぞ」

と、原田は興奮した口調で言った。

「何を?」

「須田町の番屋に寄ったら、町役人たちが相談していた。変な噂が入ったらしい。絵の具や染料を売る〈赤染屋〉という店のあるじのことさ」

「それがあの男の店か?」

「ああ。しかも、野郎は危ないものを入手していた」

「もしかして……」

「毒物だ。野郎、近所の魚屋でフグを二匹買ってたんだ」

「フグ！」

それは猛毒である。一匹で何人が死ぬことか。平戸の浜でも、少年たちが釣った魚を焼いて食べているうち、フグを食ったらしく、四人が亡くなるという事故があった。

「魚屋は心配してた。食べられるところと毒のところとを腑分けしたのだが、あの野郎は毒のほうも持っていったらしい。なんでもそれを使って、新しい絵の具をつくるんだそうだ」

「新しい絵の具？」

「あの赤いやつかな？」

と、原田は訊いた。

「フグで絵の具？　そんなことは聞いたことがないなあ」

彦馬は首をかしげた。

それは単なる言い訳ではないか。やはり、フグの毒は毒として使うつもりだったに違いない。

「でも、フグの内臓を食わせるというのはそうかんたんじゃない」

と、彦馬は言った。

「そりゃそうだ。得体の知れねえものは誰も食わねえ」

原田も賛成した。

「だったら、どうする？」

と、彦馬は訊いた。自分に問いかけるような口調である。

「どうするだと？」

「うん、ちょっと待ってくれ」

彦馬は考え込んだ。

腕組みし、眉間に皺を寄せ、うーんと唸ると、

「それだ、それしかないよな」

と、言った。

「何だ？　早く言え」

原田が急かした。

「復讐のために、隣りの料亭の大勢にフグの毒を口にさせるつもりだったんだ。だが、内臓のままじゃ無理だ。そいつはおそらく絞ったんだ」

「絞っただと？」

「ああ、水のようにすれば、料理に混ぜることもできれば、井戸にも入れられるかもしれない」

「おぬし、まさか、それで赤くなったなどと？」

「いや、赤くはなるまい。だが、イチョウに塗ったものはたぶんフグの毒だ」

「どういうことだ？」

原田はもう、さっぱりわからないという顔つきである。

「その毒に赤い染料をぶちこんでどろどろにしたのさ」

「え？」

「透明な毒ならわからない。だが、あんな真っ赤になってしまったら、これも人の口には入りにくい」

「だって、雙星……」

「ああ、旦那のほうは復讐心にとらわれていた。だが、奥さんのほうはたぶん止めようとしたのさ」

「それで、使えなくしたのか」

原田はぽんと手を打った。

どのあたりから奥さんは反対に回ったのかはわからない。ここにいっしょに来たくらいだから、途中までは同じ気持ちだったのだろう。だが、いざ実行するころになって、奥さんは止めようとし、旦那は聞こうとしないものだから、ああした策を思いついた……。

「旦那もああなってしまっては、とりあえず諦めるしかなかっただろう。ただ、新たな問題が出てきた」

「なんだ？」

「たっぷりの赤い毒入り染料を、どこかに捨てなければならない」

「たしかに」

「だが、あんな目立つものはやたらと捨てられない」

「それで、イチョウの葉に塗りたくったってえのか……？」

原田は唖然とした。

「わたしにはそうとしか考えられないのさ」

「ちょっと待てよ、雙星。そりゃあ、突飛すぎる」

「なぜ？」

「たしかに、あれを抱えて外に捨てに行くのは目立ってしまう。だからといって、わざわざあんな目立つことにしなくてもいいだろうよ。庭の隅にでもそっと捨ててしまえばいいはずだぞ」

「そこなんだ。それを解く鍵は、さっきも来てた野良猫たちなんだよ」

「どういうことだ？」

「夫婦は猫たちをかわいがっていた。もし、あれをここらの地面にまいたりすれば、フグの臭いに誘われ、猫が土を舐めたりするのではないか」

「なるほど」

「だが、庭にあるイチョウの木は、地面から枝分かれするあたりまではかなりの高さがあり、猫も駆け上ることはできない。あの葉っぱに塗りたくってしまえば、日光に照らされ、やがて臭いも消えるだろう。毒も消えると期待したのかもしれない。目立つけれど、まさかこれが毒だとは誰も思わない。こうして夫婦は夜中にイチョウに色を塗った……」

そう言いながら、彦馬は二人がイチョウの葉に絵の具を塗るようすを思い浮かべた。夜中に木に登り、葉っぱに色を塗る……。

それは滑稽な光景である。だが、二人の気持ちを考えたら、とても笑うことはできない。笑いと悲しみ。この世はすべて、表と裏がある。

「なるほど」

「だが、たぶんフグの毒はそれくらいじゃ消えない。なんせ煮立てても消えないんだから。葉っぱが落ちるころには地面に毒がばらまかれる。早いとこ枝を落とし、焼却したほうがいいと思うな」

彦馬がそう言うと、原田は明日にでもやらせると約束した。

「解いたな」

と、原田は言った。目に感嘆の色がある。

「解けたかな？」

本当のところはわからないのだ。それはやはり、当人に訊いてみるしか方法はない。


「あれ、原田、どうした？」

妻恋町にある彦馬の長屋に原田朔之助がぼんやりした顔で入ってきたのは、日も暮れて、彦馬が晩飯をすませたころだった。

飼い猫のにゃん太が、不思議そうに原田を見た。

「夫婦は捕まえられたのか？」

と、彦馬は訊いた。

「いや」

原田は首を横に振った。

「捕まえに行ったんだろ？　もう、店からも逃げてしまったのか？」

「まだ、店にはいたよ。踏みこもうと思ったとき、つい、窓のところで中の話を聞いてしまったんだよ」

「ふうん」

「旦那のほうが、小さな位牌に向かって、こう拝んでいた。おいらに怖ろしいことをさせないようにしてくれてありがとうよ。イチョウの葉を赤くしただけでやめることができたよ……ってな」

「ああ」

彦馬もその光景がすぐに脳裏に浮かんだ。

「なあ、雙星。あいつは、何もしてねえんだ」

原田はちょっと切なそうに言った。

「そりゃそうだ」

「奥さんが思いとどまらせ、さらには亡くなった娘も草葉の陰で止めたかもしれねえ」

「うん」

「そんな場合でも捕まえられるか？」

と、原田は怒ったように言った。

「わたしに訊いたのなら、わたしにはできないな」

と、彦馬は答えた。

今度の謎を解きながらも、それがいちばん気がかりだった。やらなかった悪事でも罪にしなければならないのか。

「そうだろう。おいらだってしたくねえ。幸い、さっきの推理は誰にも話していねえ。あんな謎を解けるのは、おいらとおぬしくらいのものだ」

「それはどうかな」

あまり自分を買いかぶってはいけない。法深寺の子どもたちを見ていても、あの子たちはこれからどれだけ賢くなっていくのか、空怖ろしいほどである。

「同心のおいらが言うんだから、間違いねえ」

「それでどうするんだ？」

「絵描きのたまごだか、なれの果てだかがもう一つの秋を描いただけだろ。それがどうしたって言うんだよ」

「うん」

と、彦馬もうなずいた。

イチョウが赤く色づく町。広い世界のどこかには、そんな町もあるかもしれない。

一方、織江は力なく根岸の里へ向かう道を歩いていた。

夕方、彦馬の長屋の近くで、こんなやりとりを耳にしてしまったのだ。

「雙星さんが嫁をもらうんだって」

「あら、たいしたもんだねえ」

「いいところのお姫さまらしいよ」

「雙星さんは浪人者だろ。そんな馬鹿な」

「浪人じゃないよ。事情があって隠居してるだけだって、出入りしてる養子の人から聞いたよ」

「じゃあ、お祝いをしなくっちゃ……」

長屋暮らしは何でも筒抜けである。

音も立てずに幽霊が現われても、長屋では誰かが見咎め、誰かが聞き耳を立てて、幽霊の正体に迫ったりする。

だから、おかみさんたちが言っていたことも真実なのだろう。

たとえ、そうだとしても、何の不思議もない。

雙星彦馬は、旧藩主の信を得たのだ。平戸にいたころより、ずっと条件はよくなっている。あっちでは女たちに「変人」と馬鹿にされていても、江戸では静山のお墨付きをもらった男なのだ。

織江はやっと歩いていた。

家の近くまで来て、後ろを振り向いた。

——誰もいない。

いつもの尾行をまくので精一杯だった。だが、まだつけられているかもしれない。

この数日、そんな気配をずっと感じている。

根岸の里の隠れ家は、ついに誰かに知られてしまったかもしれない。ただ、桜田御用屋敷の連中ではないような気がする。ということは、得体の知れない連中が接近して来ているのか。

身体が重い。

呪いが身体に染みてきているのだ。目をつむると、寒三郎が火を前に祈っている姿が見える。呪術というのは、離れている人間の心にここまで迫ってくるものなのか。わたしは、とんでもないものに立ち向かおうとしているのか。

——あ？

腕のところに痣のようなものが浮いていた。藁人形が釘を打ちつけられたみたいに見える。

星のかたち。しかも、それが割れているようにも見える。

——いつできたのだろう？

強くかきむしるようにした。いったんは消えたみたいに見えたが、もっとはっきりと割れた星が浮かび上がってきた。

第五話　鳴かぬなら

浦賀沖からそろりそろりと曳(ひ)いてきた幽霊船が、ようやく大川の河口までたどり着いた。まさに、昼の世界にお化けを引きずり出すような、危うい作業だった。

これ以上、川をさかのぼれば、座礁してしまう。

船は、お船手組の船見番所がある霊岸(れいがん)島の隅に係留することになった。

「くわしく調べる、誰も近づけるな」

と、これはお庭番の川村真一郎からの、きわめて偉そうな命令だった。

「たかだか、お城の庭の番が、江戸の海や川を守るわれらに、なぜあのように偉そうにするか」

と、お船手組の中には反発も強くあった。

ただ、お庭番というのは、名こそ重みに欠けるが、将軍直属の組織であるという。

ここは耐えるほうがよさそうだった。

発見から曳航まで、一連のできごとに関わってきたお船手組の同心、田島謙三郎は、さっそくつぶさにこの船を観察しはじめた。船のことはやはりわれらがいちばん詳しいはずである。

あらためて見ても、ひどいぼろ船だった。

人間で言えば、骸骨である。それも歳を取って骨がスカスカになってから死んだ人の骸骨。見るだけでもどこか壊れるのではないかと、危ぶんでしまうほどだった。

ただ、何度も眺めるうち、胴体のところにうっすらと墨が浮かんでいるのに気づいた。

——これは？

ふつうは船の名が書かれる場所である。この船の名は上から塗りつぶされたような気配がある。だが、あとで塗った墨のほうがかすれ、その下にあった墨が、うっすらと浮かびあがってきているのだ。

田島謙三郎は目を凝らして、何度となく文字を読もうとした。ところが、なかなか読めないのだ。

経験上、知っているのは、こういうものは突然、読めるようになるということである。ずっと見ていると、ある日、頭の中で欠けている部分が補足されるのだ。

今度もそうだった。

詰所でお茶を飲み、水辺に出てきて、江戸湾のようすをうかがった。風も弱めのいい日よりだった。船を見ようとはしなかったが、視線の片隅にその船名が浮かび上がった。それは、

「松浦丸」

という文字であった。

一

千右衛門と彦馬が西海屋の店先に座って雑談をしていた。彦馬には唯一と言ってもいいくらいのんびりした時間である。

「まったく、あの話はよくできている」

と、千右衛門は感心した。

「うん。三人の違いを見事に言い表しているからな」

彦馬も同感である。

後に有名になるが、このときは誰でも知っているというほどではない。

例のほととぎすを使った三人の英雄の喩(たと)えである。

鳴かぬなら殺してしまえほととぎす　信長
鳴かぬなら鳴かせてみせようほととぎす　秀吉
鳴かぬなら鳴くまで待とうほととぎす　家康

「誰がつくったんだろう？」

と、彦馬は首をかしげた。

「まさか御前が？」

「それはあるまい。なんでもかつて南町奉行をしていた根岸肥前守が書いた随筆『耳袋』にも、この話は書かれてあったそうだ」

「へえ、根岸さまのな」

この三人の英雄の喩えは、『耳袋』と静山の『甲子夜話』に書かれたことによって、次第に人口に膾炙するところとなった。

「ほととぎすの句はこのほかにも、あるんだぞ」

と、彦馬は言った。

「まだあるのか」

彦馬が紹介したのはこんなものである。

鳴かぬなら鳥屋へやれよほととぎす
鳴かぬならもらっておけよほととぎす

「作者は誰だ？」

と、千右衛門が興味深げに訊いた。

「御前はわかっているらしいが、なんでもさしさわりがあるので作者は伏せると書いていたな」

「というと、当代の人物か」

「そうだろうな」

三人の英雄と比べると、どことなく吝嗇の気配がある。人物の大きさも感じられない。

たしかに、名は明らかにしないほうがいいだろう。

「この伝で御前を喩えると、どうなるかな？」

「こんなのはどうだ？」

彦馬はちょっと考えて言った。

鳴かぬならそれもよかろうほととぎす

「まさにそれだ」

と、千右衛門は喜んだ。

静山という人は、家臣に対してもこうあるべきだという言い方をほとんどしない。人それぞれ、自分の力をいちばん発揮できる道を探せばいいという姿勢なのである。

だからこそ、彦馬のような男も気軽に出入りしていられるのだろう。

そんな話をしていると、

「なんだよ。こちらは、楽しそうだな」

と、町方の原田朔之助がやって来た。皮肉っぽい物言いである。こういうときは疲れているのだ。

「なあにほととぎすの話をしていたところだ」

千右衛門が答えると、

「ほととぎすだと？」

原田の顔色が変わった。

「どうした？」

「こっちもちょうど、ほととぎすで悩んでいたところさ」

「お前がほととぎすで？」

「じつは発句が好きな隠居がいなくなったんだ。机には書きかけの句が残されてあった。こういう句さ」

鳴かぬならわけを話せよきりぎりす

「へえ、わけを話せよときたか」

と、彦馬は思わず言った。これが「ほととぎす」でも、誰かの性格が浮かび上がってくる。静山はこっちもしっくりくるかもしれない。

「例の喩えの句のもじりだろ？　三人の？」

と、原田は言った。原田も戯作者に憧れるくらいだから、こういうものは知っていたらしい。

「だから、本当ならきりぎりすではなく、ほととぎすと結ぶべきだよな。だが、その句はきりぎりすとなっていたのさ」

ちなみに、きりぎりすはこの時代、コオロギとごっちゃにされている。

「なるほど、面白いな」

と、彦馬が言うと、千右衛門もいっしょにうなずいた。

「それが面白いどころじゃないんだ。ご隠居は殺されてしまったかもしれぬ」

「なんだと？」

「大金持ちで、以前から狙われてるという噂もあった」

「それで物色されたり、乱暴されたりしたあとが？」

と、彦馬は訊いた。

「それはなかった」

「ふうむ」

「この件で昨夜から近所を探しまわっている。もう、へとへとだよ」

と、原田は縁台にしゃがみこんでしまった。

二

結局、雙星彦馬は原田に頼まれて、いなくなったご隠居の家をいっしょに訪ねることになった。

家は湯島天神（ゆしまてんじん）に近い高台につくられている。町名で言うと、湯島切通（きりどおし）町。

小さな庭がある洒落（しゃれ）たしもた屋だった。

上野から神田周辺を一望に見下ろすことができる。不忍池（しのばずのいけ）の景色は、さぞや四季折々の楽しみをもたらしてくれるだろう。なるほど金がなくては、こんなにいい隠居家には住めない。

この隠居というのは、上野山下で繁盛している油屋〈信州屋〉の先代のあるじ、喜左衛門である。

訪ねると、家にはお妾がいた。名はおつねというのだとは、原田から聞いている。もう大年増といっていい三十くらい。

化粧がやたらと濃い。舞台の上の役者が薄化粧に見えるくらいである。しかも、あまりうまいとも思えない。看板のように目立てばいいという技を駆使したらしい。

部屋では香が焚かれている。悪い臭いではないが、むっとくるほど漂っている。

「またですか、旦那。ここに来る暇があったら、早くあの人を捜してきてくださいな」

と、嫌味たらしいことを言った。

おつねが三味線の師匠のところに行っているあいだに、ご隠居はいなくなってしまったという。

「ほんとに心当たりはないんだな？」

原田が自分でも何度も訊いて嫌になったというふうに訊いた。

「まったくありませんよ」

「その句だがな？」

と、原田は机の上の紙を指差した。

「はい」

「ご隠居は気に入ってたのかな？」

「あたしは発句のことなど何もわかりませんので」

おつねは困った顔をした。

「この庭は、きりぎりすは鳴くかい？」

と、彦馬が庭を見ながら訊いた。

風情のある庭である。そう広くはない。縦長でせいぜい六、七坪といったところか。傾斜地であるはずだが、向こうに背の高い樹木を配置していて、それはあまり感じさせない。

樹木の種類が豊富である。いまも秋の花が咲いているが、赤、黄、白と花の色は違う。池はないが、大きな甕（かめ）が二つ置かれ、いっぱいに水が張られている。水草が見え、おそらく中では金魚も泳いでいるのだろう。

「いいえ、鳴きませんよ」

妾はかんたんに否定した。

「鳴きそうだがね」

「鳴きそうなのに、ここでは虫が鳴かないんだって、あの人、いつも愚痴ってましたから」

「虫が鳴かない？　どうしてだ？」

「わかりませんよ」

そんなどうでもいいこと、といったふうに、鼻で笑った。

だが、彦馬は、これは大事なことだと思った。喜左衛門は嘘や想像の喩えを書いたのではない。本当にこの庭のことを書いているうちに、姿を消してしまったのだ。

――もしかしたら、その句を書き上げたとき、鳴かない理由に思い至ったのかもしれない……。


いかにも虫が鳴きそうな庭で、虫が鳴かないのはなぜだろう？　ご隠居は風情を愛する人だったようだから、さぞ寂しかったり、物足りなかったりしたのではないか。それがあの「わけを話せよ」の文句になっているのだろう。

このあたり一帯、虫は鳴かないのか？

原田とともにちょっと近所を歩いてみることにした。

湯島天神のすぐ近くである。坂下あたりは歓楽街だが、道を一本はさんだこちらはそうでもない。

土地全体がかなり急な坂になっている。景色はいいが、歳を取ると、坂道は億劫にならないのか。

「おい、雙星……」

原田が耳を澄ますようにした。

「ああ」

彦馬はうなずいた。湯島天神のほうでは、虫が鳴いているのだ。きりぎりすだけではない。鈴虫や松虫の声もする。

隠居家のほうにもどると聞こえなくなる。たしかに不思議である。

もう一度、隠居家にもどって、おつねに訊いた。

「いつから鳴かないんだろう?」

「さあ、あたしはわかりませんよ。旦那の世話になったのは、正月からですので」

虫の季節はまだ経験していないのだ。

「ところで、あんた、それまでは何やってたんだ?」

と、原田が訊いた。

「あたしは同じようなことしかできないんですよ。お妾人生一筋。笑っちゃいますでしょ。でも、前の旦那にも本当ならずっと面倒見てもらうつもりでいたんですよ。ところが、意外に早く亡くなってしまいました。人間というのは、いつ、どうなるかわかりませんね。だから、先々にそなえて、慌てて三味線の稽古を復活させたら、今度はまた、これですもの。なんとか無事でいてくれるといいんですが」

　おつねはそう言って、大きなため息をついた。

　静湖姫は、平戸藩上屋敷の広大な庭を見ながら、小さなため息をついた。姫がいるのは小さな離れだが、庭全体をよく見通すことができる。この屋敷の真ん中にある池は、複雑なかたちをしていて、水と緑が入り組んだ独特の景観を見せてくれていた。

　姫は書状をつづっていたが、なかなか進まない。

　宛名は雙星彦馬。

　この前、急に思い立って、彦馬の長屋を訪ねてみた。お付きの者を連れていたが、こんな冒険は初めてだった。

　胸が苦しいくらいに高鳴っていた。

　だが、彦馬は出かけていた。部屋の中にも秋風が吹いていて、猫が一匹、腹のあたりを舐めていた。長屋のおかみさんたちによれば、法深寺という寺で手習いを教えていて、もどりはいつも夕方になるとのことだった。

　よほどその寺を訪ねてみようかと思ったが、大勢の子どもたちにじろじろ見られることを思うと、さすがに気が引けた。

「誰だ、あのおばさん？」

などという子どもの囁き（ささや）まで聞こえる気がした。このごろは、まず間違いなく

「おばさん」と呼ばれる。子どもは正直である。だから、なおさらこの言葉には傷ついてしまう。

ちらっと雙星彦馬のことをお付きの者に訊いたりもした。平戸では面識があったらしい。

だが、お付きの者は苦笑いして、

「変な男ですよ」

と言っただけである。何がどう変なのかはさっぱりわからない。あの男をかわいがっているという父上なら、もっとうまく、人となりについて語ってくれるだろうが、とても訊けやしない。

あの人のことをもっと知りたい。深く知りたい。

——え？　これって……？

ずっと忘れていた感覚がよみがえってくる気配があった。

三

彦馬はまだ夜も明けきらないうち、湯島切通町にやって来た。

昨夜、眠りにつく前に、自分も虫の音を聞きながら庭で虫が鳴かなくなる理由というのを考えてみた。

すぐに思ったのは、隠居に悪意を持つ者に毒をまかれたのではないかという疑いだった。フグの騒ぎがあったから、なおさらである。

隠居は、現役のころはかなりのやり手で、同業の者と喧嘩になることもあったらしい。だが、引退してすでに十年近いのである。

しかも、歳を経るにつれ、性格は穏やかになり、近ごろは喧嘩や言い争いなどはまったくしなくなったという。

それだと、毒は考えにくかった。

やたらと虫を食う生きものが棲むようになった、というのはどうだろう？

たとえば、ヘビとか猫。虫の子どもを見つけると食べてしまうので、ついには一匹も育たなくなってしまったのだ。

だが、そんな大食いのヘビが庭に棲息していれば、ご隠居も気づいたことだろう。猫は飼っている気配がなかった。よしんば、ほかからやって来る猫だとしても、そんなに虫ばかり食べるものではないし、かまうのも飽きてしまう。にゃん太を見ていれば、わかることだった。

おつねはどうだろう？

本当は虫が大嫌いなのである。見つけるたびに、つぶしたり、火にくべたりする。そのしつこさに、虫はついに敗れ去ったというわけである。

そういえば、あの女、なんとなく怪しいところがあった……。

今度の謎は、別に虫がいないことが謎なのではない。隠居がいなくなったことが謎なので、どこへ行ったのか、なぜいなくなったのかを探るため、隠居も不思議に思っていたことを探っているのだ。

だが、おつねに原因があるとすれば、虫がいないことなどはどうでもよくなってしまう気がする。

それはそれで原田のほうに探ってもらうことにして――。

彦馬はさらに虫のことを考えた。そして、ふと思ったのは、

――あの庭が何かの理由で暖かくなっているのではないか……。

ということだった。

近くに湯屋ができた。あるいは鋳物屋ができた。その湯釜やふいごの熱が庭に洩れてくる。そのため、虫はまだ秋になったことに気づかず、いつまでも鳴き出さないというわけである。

東の空がうっすら明るくなってきたころ――。

彦馬は湯島切通町の高台のあたりを目を細めて眺めた。

——やっぱり！

冷たい大気の中、あのあたりだけ熱気が揺らぐのが見えていた。

地面が熱いのだ。

——なんであそこだけ？

湯屋があるのだろうと探した。ない。鋳物屋は？　それもない。

その熱気が立つあたりに近づいた。

不思議なことに、そこは何もないのである。ほかの家や塀があって、すぐ近くまでは行けない。だが、遠目においては、そこは上の隠居の庭のほぼ隣りで、同じように庭になっていた。

——もう妻恋町に行くのはやめようか……。

と思いつつ、織江は根岸の里の隠れ家で、今日も妻恋町に行く支度をしていた。

だが、鏡に向かってもつい、ぼんやりとしてしまう。彦馬のこと、長屋で聞いた噂を思い出してしまうからである。

これはまずいと思う。戦う気力すら失せてしまう。

寒三郎の呪いはますます染みとおってきているかもしれない。

いつもと違う化粧をするつもりである。だが、具体的にはなかなかこれという思案が浮かばない。

だいたいが、化粧は苦手である。化粧は母さんがうまかった。あんなに化粧のうまい人は他に知らない。白い紙に絵を描くように、どんな顔も描き直すことができた。

——駄目だよね、母さん。

そっとつぶやいた。すると、声が聞こえた。

いいから黙って手を動かしな。ぐずぐず考えてしまうときは、何でもいいから身体を動かすんだよ。

母さんの声だった。いつ、どんなときに言われたかは忘れたが、じっさい、そんなことは言われた覚えがある。

何も考えず、しばらく手を動かした。

——え？

驚いた。雅江によく似た顔が目の前に現われた。

四

昼休みに原田が法深寺にやって来ると、いっしょに隠居の家に向かった。立ち上がる熱気のことを短い書状にして伝え、立ち寄ってくれるよう頼んでおいたのだ。

歩きながら原田は、

「おつねはやはり臭いな」

と、言った。

「どうして？」

「兄がヤクザだ」

「だからといって、妹を疑うのは安易だろう」

と、かばったが、胡散臭い感じがしたのは彦馬もいっしょである。

「前の旦那を調べているが、なかなかわからない。あの女、過去を隠しながら生きてるんだよ」

「ふうん」

だが、それは織江だって同じだろう。

「おそらくおつねの周囲で信州屋の隠居も見つかるはずなんだが、岡っ引きたちもまだ見つけていねえ。どうなっているんだか……」

湯島切通町の隠居家に来た。

おつねは出かけていて、本店の小僧が留守番をしていた。

「ちと、ご隠居の部屋を見せてもらうぞ」

と、原田は声をかけた。

「はい」

小僧は原田の名を確認すると、あらかじめ言われていたらしく、かんたんに原田の願いを聞き入れた。

「この庭の向こうから熱気がな？」

「ああ、はっきり見えたんだ」

下駄を借りて、彦馬は庭に下りた。原田は縁側で彦馬を見ている。石組みがありその向こうは雑木林になっている。足元にも草木が多く、奥へはなかなか足を踏み入れることはできない。

だが、土地が急に斜めになっているのはわかる。

さらに奥は竹垣があるらしく、やはり踏み越えていくのは難しい。手をかざすと、ぼやっとした熱気は漂ってきている気がする。

「喜左衛門さんはこっちから行ったんじゃないのか」

と、彦馬は言った。

「なんだと？　お前、喜左衛門の足取りがわかったみたいじゃないか」

「だいたいね」

「この庭の向こうに消えたとでも？」

「そうだ」

彦馬は庭の奥を見ながらうなずいた。

「では、喜左衛門は生きてるのか、それとも死んでるのか？」

「そんな物騒な話じゃないんだよ」

「笑い話でもねえだろうが」

「うまく笑い話になってくれるといいんだが……」

そう言いながら、彦馬は縁側から部屋に上がってきた。

「それだよ、それ」

彦馬は棚の上の茶碗(ちゃわん)を指差した。

無骨な感じの茶碗が一つ、無造作に置いてある。

「茶碗だろうが」

「それがいなくなった理由」

「いいものなのか？」

と、原田が疑わしげに訊(き)いた。

「とんでもない。素人の作だろうな。だが、自分も楽しんでつくった感じはある」

「ふうん。瀬戸(せと)か？」

「いや」

「益子か？」

「違うね」

「どこだよ？」

「ここだよ」

と、彦馬は庭を指差した。


「似てるなあ」

と、織江の前に立った男が言った。

織江は昌平坂学問所の前まで来たところである。書物をどっさり抱えた男が門の中から出てきて、織江を見るとぎょっとして立ち尽くしたのだ。持っていた書物がばさばさと落ちた。

「わたしが？　誰に？」

織江は思わず訊いた。

「菩薩さまにだ」

「菩薩？」

気がおかしくなった男だろう。

「そなたは知るまいが、雅江さまというお方」

「雅江さま……」

やっぱり母さんだ。ちょっとそっくりにつくりすぎたかもしれない。そういえばこの男、あのお化け屋敷の決闘のとき、うろちょろしていなかったか。へっぴり腰にうつろな目。まるで戦力にはなりそうもなかったので、完璧に無視していた。

「知りません、そんな人は」

「光栄に思うがよいぞ。雅江さまに似ていることを」

「は？」

「思いやりにあふれ、すべてを見通したうえで、すべてを許す。あれぞまさに、菩薩さまだった」

男は、いまにもひれ伏しそうに身悶えしながら言った。

――あの母さんが菩薩？

織江は呆れた。

それは勘ちがいもはなはだしい。べたべたの女だった。意地悪で、嫉妬深くて、ずるくて、男好きで……。だが、感傷的で、切なくて、弱くて、すこしだけやさしくて……。あれより人間臭い生きものもそうはいないはず。誰か別の女の人のことを言っているのではないか。

「じゃ、ごめんください」

織江は早々に通りすぎる。だから、

「菩薩はよみがえった……」

という鳥居耀蔵の歓喜にあふれたつぶやきは、織江には聞こえなかった。

五

「ここだな」

と、原田は門前に立ち、扁額を指差した。〈碗壺堂〉と書いてある。

「洒落た構えだ」

彦馬もうなずいた。

ここに来る前に、近くの番屋に寄って、この家のあるじについて訊いてきた。ちょうど町役人が二人いて、詳しく教えてくれた。

あるじの名は江島屋両蔵。信州屋と同じく、やはり上野山下で油屋をしていた。信州屋とは睨み合うような商売敵だった。信州屋が菜種油を得意にし、江島屋にはごま油のいいものが入った。

油屋同士の会合のときなども、二人はできるだけ離れて座り、けっして口を利かない。

それぞれが同じころに隠居をした。だが、まさか隠居家が庭同士をはさんで隣り合っているとは思ってもみなかったのだろう。玄関は別の道に面していたし、ふだん使用する坂も違っていた。

「ごめん」

と、原田が声をかけた。彦馬はその後ろにそっと立っている。

「なにか？」

と、江島屋の隠居は出てくるやいなや、原田の同心の恰好を見て、ぎょっとした顔をした。

「いや、あの、こんな人家が密集したところで窯を使うのはまずいかとは思ったのですが、防火用水はわきに備えましたし、こう見えても庭は百坪近くあって類焼の心配もありませんし……」

あわてて弁解を始めた。

てっきり、焼き物の窯のことでお叱りだと思い込んだらしい。

「それについては、そんなに怯えなくていいんだ。とりあえず、喜左衛門さんの無事を確認させてくれ」

と、原田は言った。

「ああ、もちろんです。喜左衛門さん」

と、奥に声をかけた。

「はい」

信州屋の隠居、喜左衛門が怪訝そうな顔で出てきた。手にできたばかりらしい壺を持っている。

「いなくなったと、本店のほうが心配してたのでな」

「そうでしたか。だが、ここにいると、よくおわかりに」

「発句を書き残してたろう？」

「はい。まさか、あれだけで？」

喜左衛門は驚いた。

「はい、じつは、喜左衛門さんが庭で虫が鳴かなくなったのを不思議がっているようすだったので、わたしもその理由を探るうち、裏手の庭の向こうに、焼き物の窯があるのを見つけました」

と、彦馬は言った。

「そうでしたか。わたしも同じように、それを知ったのです。このところ、焼き物にも興味を持っていたので、ぐるっと回って、訪ねてきてみました。すると、なんと旧知の江島屋さんではないですか」

「いやあ、わたしも驚いたよ」

と、江島屋もうなずいた。

「昔だったら、文句の一つも言って、喧嘩別れだったでしょう。でも、お互い歳を取って穏やかになり、話すうちにすっかり意気投合したのです。いまやこうやって、泊まり込んで焼き物を楽しんでいる始末でしてね……」

喜左衛門は照れ笑いしながら、そう言った。

「ところで、もどってこないのは別の心配もあったからでは？」

と、彦馬が訊いた。

「そうなのです……」

喜左衛門の表情が翳った。

「心配の理由は妾のおつねですね？」

彦馬が訊くと、江島屋がかわりに答えた。

「じつは、おつねの名を聞いて、まさかと思いました。そっと顔を確かめると、まさしくあのおつねです。じつは、あれの前の旦那はわたしの古い友人だったのですが、押し込みにあって、殺されたのです」

「押し込み……」

おつねは、意外に早く亡くなったとだけしか言わなかった。まさか、押し込みだったとは。

「しかも、どうも怪しいのです。わたしは絶対に、あのおつねが手引きしたのだと疑ってました。それで、喜左衛門さんも同様の目に遭ったらまずいと、しばらくないしょでここにいるように勧めたのです」

「そうでしたか」

「同心さま、ぜひおつねの身辺を探ってみてください。きっと押し込みの下手人が見つかるはずです」

と、江島屋はかつての宿敵を心配して言った。

「その件については、奉行所で調べを進めよう。おそらくおつねは、逃げ出そうとするだろうがな」

これで一安心というところである。

きょっきょっきょ。

という声がした。

「あれ?」

と、彦馬は庭のほうを見た。

「いまの鳴き声はほととぎすでは?」

「そうなんです。虫は鳴かなくなりましたが、暖かいせいか、ほととぎすがまだ山に帰らないんですよ」

と、江島屋の隠居が苦笑した。

「いま、ほととぎすで一句、思いつきました」

と、彦馬が照れながら言った。

鳴かぬなら恋でもするかほととぎす

くだらぬ思いつきだったが、のんびりした日々を過ごしているらしいご隠居たちには喜んでもらえた。

六

織江の前を雙星彦馬が歩いていた。どことなく嬉しそうな足取りだった。何か面倒ごとが一つ、解決したらしい。

織江はそんな彦馬のあとをつけずにいられなくなった。

――これで別れよう。

最後に一声かけるため、あとをつけるつもりだった。あの節はお世話になりました。生まれて初めてといっていいほど幸せな日々でした。でも、もうあなたのことは忘れます。ありがとうございました……と。だが、声をかけられない。

次々に脳裏によみがえってくる平戸での暮らし。狭い家だった。きれいでもなかった。だが、庭の下にいつも海が見えていた。彦馬を見るときには、いつも海が背景にあったような気がする。

「織江……」

彦馬はいつも、遠慮がちにわたしの名を呼んだ。やさしさが籠もっていた。

「彦馬さん……」

わたしが呼びかけると、いつも一瞬、まぶしげな表情を浮かべたものだった。自分が少年に見つめられる海原になったような気がした。そんな表情もやがて消えていくのだろうと思えたが、その前に別れが来た。

ほんとにあの家は何もなかった。鍋と釜とお椀がいくつか。でも、人の暮らしなんて、それで充分だった。いちばん質素に生きることが、いちばんのびのびと生きる術に思えた。猫も来たし、鳥も鳴いた。風が通り、陽が差し込んだ。庭に咲く花を飾れば、みすぼらしい部屋も明るく輝いた。

思い出のひと月。たったひと月。黄金のひと月。

懐かしい歩きかた、肩の広さ。

後ろ姿の雙星彦馬——。

これで別れを告げれば、すべて終わる。恋というのはなんて儚いのだろう。

それなのに、わたしはいつまでもあとを追っている。声をかけられない。

やっぱり別れたくない。でも、あなたはほかの人と結ばれる。

身体から力が消えていた。いま寒三郎に襲撃されたらひとたまりもないだろう。

それでもかまわない。希望を失くした人間に、生きる意味などない……。

ふと、見覚えのある男が織江とすれ違った。若いのか、年寄りなのか、よくわからない顔。この前も近くで出会った。彦馬の養子である。たしか、雁二郎といった。

「あれ？」

と、雁二郎は立ち止まって、

「この前も会いましたよね」

「いや」

織江はとぼけようとした。

こいつに変装は通じないのか。

「会いましたよ。平戸の父の家でも。松浦静山公の離れのそばでも。このあいだは、そこの道で。じつは、根岸の里でも」

「……」

すべて見抜かれていた。

「屋根の上で、宵闇順平から助けてやったりもしたんですがねえ」

「え？」

こいつ、何者なんだ。やっぱり、只者ではなかったのだ。

だが、織江の驚愕を無視するように、へらへらとしゃべりつづける。

「いやあ、参りましたよ。わたしの義父にくだらない噂が出ましてね。平戸公のお姫さまが許婚だなんて、長屋の馬鹿な女房たちが吹いてまわってるんです。女のおしゃべりはほんと、くだらない。そんなこと、義父に聞かれたら、どれだけ怒るか。義父は去年、たったひと月だけ暮らした女が忘れられないんですよ。妻は生涯、あの女だけだと、思い込んでるんですから」

「……」

こいつの正体など、どうでもよくなった。妻は生涯、わたしだけ……。

足取りがいきなり軽くなった。ネズミを見かけた猫になった気がしたほどだった。きゅっとこぶしを握ってみた。硬めのリンゴだって握りつぶすことができる。全身に力が満ち満ちてくるのがわかった。

笑みがこみ上げるのをぐっと抑えた。噎せるほどだった。

——戦ってやる。

と、織江は思った。

ほら、来いよ、寒三郎。何が呪術(じゅじゅつ)。あたしの心術を思い知るがいい。

織江はこの夜も彦馬の長屋の屋根にいた。

この前と違って、完全な忍び装束に着替えていた。闇に溶けやすい黒い着物。ゆったりめの袴(はかま)。手甲脚絆(きゃはん)をつけ、鳥もちを塗って滑りにくくした草鞋(わらじ)を履(は)いた。しかも、肌には細めだが、手製の鎖かたびらもつけている。斬られても傷はかなり浅くなるはずである。

ただし、呪術の威力も鎖が防ぐことはできるのかどうか。

秋風が吹いている。昼間は涼しく思われたそれも、いまは寒く感じられる。

十四日の月は中天にあり、雲もなく、江戸の町全体を紫紺色に浮かび上がらせていた。

ふと、虫の音が熄(や)んだ。

低い呪いの声がした。

「死ねや、織江。地獄の底でのたうちまわれ。それがそなたのさだめ……」

声は低く、言葉はおぞましい意味を語ったが、しかし、それは耳から胸の奥まで流れ込んでくるようだった。

寒三郎は美声だった。

織江はあの奇妙な玉を握りしめた。玉は熱を発している気がした。

「雅江はすでに死んだ。雅江はそなたを待っている。ほら、雅江がいま、そなたの足を摑んだ……」

織江はそっと足首のあたりを払うようにした。本当に母の手が自分の足首を摑んだ気がした。

雅江、雅江とうるさい。

呪術は何べんも繰り返す。品のない術。

だが、こっちにとっていちばん胸に響く言葉を繰り返すことによって、心は丸裸にされていく。

「雅江は来てしまった。草葉の陰から出てきてしまった。これほどお前に会いたかったのだ。ほら、そこに、雅江が……」

歌うように寒三郎は言った。

屋根の上にぼんやりと影が浮かんだ。

「母さん！」

織江は思わず声に出して言った。

川村真一郎は、桜田御用屋敷の中にいて、茶室の窓から夜空を眺めた。

このところ、茶を点てても いっこうに気持ちを落ち着かせることができない。われながらうんざりしてしまうほどである。

今宵も同様である。

茶はしばらく止めようかと思った。

月は中天にあり、眩しいほどに光っていた。その近くを手裏剣のように小さな星が走るのが見えた。

夜空は緊迫していた。大気が裂けていくような気配があった。

——どこかで死闘がおこなわれている……。

と、川村は思った。

——駄目だ。

とも思った。

呪術師寒三郎が、織江を殺そうとしている。それがひしひしと感じられた。だが、忍びの者ならそれは当然のことだろう。生きたまま捕まえるなどという甘い戦い方では、忍び同士の戦いを制することはできない。

寒三郎が、くノ一の織江を呪い殺す……。

——逃げろ、織江！

川村真一郎は、自分の心が割れてきていると思った。

寒三郎は、織江がぴくりとも動かないでいるのを見て取った。動かないのではない。動けないのだ。

呪いは毒のように効いたのだ。

呪いの力。正直、自分でもその力の正体はわからない。

だが、それは確実にあるのだ。呪いをかけた者は、十人中十人とも、寒三郎の言いなりになり、破滅に向かって転げ落ちていく。このあいだの、松平深房の家老も同様だった。

あるじはくだらぬ遊びにうつつを抜かしていた。家老はそれをなんとしてもいさめ、家中の恥を外へ洩(も)らしてはならなかった。それを、呪いの力とともに吹き込んでやったのである。

案の定、家老は元藩主を刺し殺したのだった。

そして、いまは織江……。

「織江、そなた、喉(のど)を突け。もはや、生きていることは苦しみでしかあるまい。母も迎えに来た。さあ、織江……」

織江が背中に背負った刀を抜き放つのが見えた。

織江は後悔していた。

彦馬のことで変に気持ちが高揚し、寒三郎の誘いに乗ってしまった。呪術などというのをどこかで舐めていたのかもしれない。

だが、母さんが言ったように、寒三郎はやはりお庭番の中でも指折りの凄腕だったのだ。

まとわりついてくるこの声、この呪文。心術ではできない、粘りつくような重みを持っていた。自分は墓穴に横たわり、上から土をかけられていく光景を思い浮かべた。

土をかけているのは、彦馬だった。

――もう、これでお仕舞いなのね……。

だったら、くだらぬ陵辱にあったりする前に、自ら命を絶ったほうがましだった。

織江は背中の刀を抜き、刃を自分に向けた。

その刃に、星と月が映っていた。彦馬の愛した星と月。いま、それらに抱かれていくような気がした。

そのとき――。

夜風が襲いかかってきた。それは、圧倒的な力で寒三郎めがけて飛んできた。

「うわっ」

寒三郎は屋根の上を転がった。

夜風は刃を閃かせて通りすぎ、向こうの大きなけやきの上でぴたりと止まった。

縄にぶらさがったまま、ここを飛んでいったに違いなかった。

織江ではなかった。

織江に味方する者がいるのか。

「なんだ、きさま」

と、寒三郎は夜風に向かって誰何した。

「平戸の雁二郎」

夜風は名乗った。

「げっ」

寒三郎は呻いた。聞き覚えがあるどころではなかった。初めてめぐり合った怖ろしいほどの忍び。自分を呪術に向かわせた張本人だった。

「そなたとは昔、会ったな」

「覚えていたのか」

「覚えているともさ。もっとからかってやりたかったが、一目散に逃げてしまったんだもの」

「おのれ」

寒三郎は、屋根の上を走り、けやきに向けて大きく、飛んだ。

宙の途中で、雁二郎とすれ違った。

だが、刃はともにどちらも傷つけることはできなかった。

「むしむしあんこく、むしむしあんこく」

と、聞こえる。それは無死無死暗黒なのか、意味はわからない。

だが、寒三郎はそう唱えていた。

唱えながら、平戸の雁二郎に向かって走った。あやつ、三十年ほど前は圧倒的な技量だったにせよ、もう衰えがきているはずだった。

大きく跳び、刀を振るう。

雁二郎も迫ってきた。

わずかな交錯のあいだに、互いに刀を二転三転させる。

着地。またしても、お互い、傷はない。

「ほう、そなた、腕を上げたな」

と、雁二郎は言った。

「以前のおれと思うなよ」

寒三郎は目を大きく見開き、闇の中で笑った。

「織江、何をぼんやりしている。手伝え！」

と、雁二郎は叫んだ。

——どうなっている？

織江は驚いていた。雁二郎の助けが入ったのだ。

たしかに危ういところだった。身動きが取れなくなっていた。やはり、寒三郎の術中にはまっていたらしい。

雁二郎が叫んでいた。手伝えと。

いまこそ、逆襲のときだった。

織江は微笑んだ。

くノ一の術は、しばしば微笑みから始まるのだ。

「うふふふ」

機嫌のいい含み笑いが秋風に乗った。

「うふふふ」

「うふふ」

あちこちでその含み笑いがした。

寒三郎の禍々しい呪いが、含み笑いで溶けていくようだった。

「なんということ」

寒三郎は刀を抜いて、織江に斬ってかかった。それは凄まじい剣だった。

短めの忍びの刀が、下から横から立てつづけに織江を襲った。

手裏剣が来た。

織江の放った手裏剣だった。刀で叩き落とした。次に襲ってきた手裏剣は、不思議な軌跡だった。足元すれすれに飛んできて、ふいに鎌首を持ち上げるように浮び上がる。だが、寒三郎はそれを大きく跳んで、かわすことができた。

着地してすぐ、叩き落とした手裏剣を、後ろにいた雁二郎に放った。

すると、雁二郎はおかしなしぐさをした。身体をぷるぷるっと震わせたのだ。すると、手裏剣は身体をすり抜けていった。

「ふふふ。いくらでも放つがいい。わしに手裏剣は当たらない。これは〈犬のぷるぷる〉と言ってな、わしのもっとも得意な技の一つ」

雁二郎は身体中を震わせながら近づいてきた。

「くそぉ」

こうなれば、織江だけでも血祭りに。

寒三郎は、ふたたび織江のほうを見たとき、額を何かが打った。

手裏剣ではなかった。手裏剣なら何本でも避けることができる。

からからと屋根を転がったそれは、あの勾玉だった。

勾玉に額を打たれると、寒三郎はもう身体が硬直しはじめていた。まるで、これまで大勢にかけた呪いがいっせいに自分の身体の中に帰ってきたように思った。

前後から二人がすり抜けていったとき、寒三郎はわれながら間抜けなことだと思いつつ、聞き覚えのあることわざのような文句をつぶやいていた。

「人を呪わば穴二つ」


「あなたは何者ですか？」

息を切らしながら、織江は雁二郎に訊いた。

「あるじ松浦静山から命じられました。くノ一の織江を守護せよと」

彦馬が義理の息子に命じたのではなかった。

「なぜ、静山公が？」

「さあ、わしは一介のいわば忍び芸人みたいなもので、そういう難しいことはわからぬのでな……」

雁二郎は、困った顔を見せるばかりだった。

それから数日後――。

静山が昔、勾玉を載せた幽霊船を浮かべたことは、雁二郎が思い出した。

「あれがもどってきたのか」

静山は呆(あき)れた。

いったい何年前のことだったか。ゆうに三十年は経っているはずである。すっかり忘れていた。

あのころはよほど鬱屈(うっくつ)していたのか、そんな悪戯(いたずら)ばかりしていた気がする。

外海あたりを警戒してまわっている幕府の船を脅かしてやろう――その程度の考えだった。開国のための幽霊船貿易には、まだ思い至ってはいなかった。

その船が誰の目にも触れぬまま、三十数年、海をさまよい、ついには江戸湾へと入ってきたのである。これぞ怪奇、と言うべきではないか。

「それが海というものでしょう」

と、雁二郎は潮風でなめしたような肌に笑みを浮かべた。

「面白いのう、やっぱり海は」

だが、面白いなどと言っている場合ではない。

「まさか、船の名などは書いてなかったですよね」

と、雁二郎は訊いた。

「あったが、消した」

「消した？」

「上から墨で塗りつぶしたはず」

「まさか、それを見られたら……」

そのとき、静山のもとを訪れた者があった。

その声が聞こえてきた。

「松浦静山公に問いただしたきことがござる……」

美姫の夢(びきのゆめ)

妻は、くノ一(つまは、くのいち) 7

風野真知雄(かぜのまちお)

平成22年 4月25日 初版発行
令和6年 12月10日 11版発行

発行者●山下直久

発行●株式会社KADOKAWA
〒102-8177 東京都千代田区富士見2-13-3
電話 0570-002-301(ナビダイヤル)

角川文庫 16232

印刷所●株式会社KADOKAWA
製本所●株式会社KADOKAWA

表紙画●和田三造

ISBN978-4-04-393107-1 C0193

◆◇◇

角川文庫発刊に際して

角川源義

第二次世界大戦の敗北は、軍事力の敗北であった以上に、私たちの若い文化力の敗退であった。私たちの文化が戦争に対して如何に無力であり、単なるあだ花に過ぎなかったかを、私たちは身を以て体験し痛感した。西洋近代文化の摂取にとって、明治以後八十年の歳月は決して短かすぎたとは言えない。にもかかわらず、近代文化の伝統を確立し、自由な批判と柔軟な良識に富む文化層として自らを形成することに私たちは失敗して来た。そしてこれは、各層への文化の普及滲透を任務とする出版人の責任でもあった。

一九四五年以来、私たちは再び振出しに戻り、第一歩から踏み出すことを余儀なくされた。これは大きな不幸ではあるが、反面、これまでの混沌・未熟・歪曲の中にあった我が国の文化に秩序と確たる基礎を齎らすためには絶好の機会でもある。角川書店は、このような祖国の文化的危機にあたり、微力をも顧みず再建の礎石たるべき抱負と決意とをもって出発したが、ここに創立以来の念願を果すべく角川文庫を発刊する。これまで刊行されたあらゆる全集叢書文庫類の長所と短所とを検討し、古今東西の不朽の典籍を、良心的編集のもとに、廉価に、そして書架にふさわしい美本として、多くのひとびとに提供しようとする。しかし私たちは徒らに百科全書的な知識のジレッタントを作ることを目的とせず、あくまで祖国の文化に秩序と再建への道を示し、この文庫を角川書店の栄ある事業として、今後永久に継続発展せしめ、学芸と教養との殿堂として大成せんことを期したい。多くの読書子の愛情ある忠言と支持とによって、この希望と抱負とを完遂せしめられんことを願う。

一九四九年五月三日